米澤穗信與古籍研究社

The Memories of Classic Club

米澤穗信與古籍研究社

The Memories of Classic Club

Interview

「古籍研究社」系列
十五年的軌跡

自從二〇〇一年《冰菓》問世以來，「古籍研究社」和米澤老師相伴而行，持續進化。在雙方成為「老朋友」的現在，我們請到米澤老師談談包括祕辛在內「古籍研究社」的過去及未來。

採訪・文字／瀧井朝世　攝影／YUJI HONGO

——聽說「古籍研究社」系列始於一九九九年，您在寫大學論文的同時，完成了《冰菓》的原型作品。

米澤　沒錯。原型作品的主角群是大學生，不過寫投稿作的時候，我將角色改爲高中生。因爲我想把他們的世界規模縮小一些。如果是大學生，只要有意願，去任何地方都可以，但高中生的世界侷限在狹小的校園裡。我認爲在其中展開這種縱向時間軸的旅程，比較符合自己想寫的故事。

——《冰菓》的內容是高中古籍研究社的四名成員，探索學校過去發生的事件眞相。這個謎團的靈感是來自哪裡？

米澤　影響最大的，是北村薰老師的《六之宮公主》，內容是探索芥川龍之介的創作之謎，我讀了非常驚奇：原來「日常之謎」居然有如此多元的呈現手法。我原本想寫陷入集體狂熱、成爲犧牲者的人們，但讀完那部作品後，興起了挑戰推理小說的念頭。

——主角折木奉太郎是個不願浪費力氣的節能主義少年。他和其他的角色，是如何誕生的？

米澤　折木擔任的是偵探的角色。偵探有時候會大剌剌地踩進別人的內心世界。職業偵探也就罷了，但這不是一介高中生會樂於去做的事。如果他樂在其中，很有可能變成一個不懂人心的角色，所以我想讓他有一些緩衝、遲疑。

千反田愛瑠擔任的是「委託人」的角色，滿懷好奇地帶來事件，請求主角破解。接著出現的是伊原摩耶花。她的角色是千反田的朋友，擁有接近讀者的視角，在解謎的時候，提供「一般人會這麼想」的觀點。最後是主角的搭檔，擔任華生的角色的福部里志。

——老師在大四完成《冰菓》，投稿到角川校園小說大獎的青春推理&恐怖部門，得到獎勵獎，但聽說您一開始並不是要投稿這個獎項？

米澤　當時是年底，我本來想參加即將截稿的其他獎項，但雷射印表機的碳粉沒了。我詢問附近的電器行，對方說只有松本市有庫存，但松本市太遠，不得不放棄，投稿下一個截稿日較爲接近的獎項。

——老師是畢業以後，一邊在書店上班，一邊寫小說的時候，接到得獎的通知吧？

米澤　我不知道那天評審結果會出爐，下班後在外面逍遙了一陣，很晚才回到家，結果家人說「接到你得獎的電話」，所以我並不是親自接到報喜的電話（笑）。

——眞是太可惜了……（笑）！那麼，續集的《愚者的片尾》是後來才寫的嗎？

米澤　不，尚未得知結果前，我已寫到第一章。因爲我很喜歡這群角色，想再寫他們的故事。古籍研究社的情節，我想根據自己學生時代的體驗來寫，所以決定寫爲了文化祭拍電影的故事。我自己在高三的時候寫過電影劇本，是偵探針對連續殺人事件進行推理的故事。

——《愚者的片尾》中出現了預計在文化祭播放的班展電影採用的連續殺人事件劇本，但有頭無尾，所以折木一行人一起推理如何解決。

米澤　這是因爲我想寫殺人命案。如果要藉由古籍研究社發揮，只能在作品內以虛構的形式來寫。另一個原因是，我以前爲要在文化祭放映的錄影帶電影寫過劇本，舞台道具都齊全了。

——您在後記提到柏克萊（Anthony Berkeley）的《毒巧克力命案》（*The Poisoned Chocolates Case*），想嘗試寫那樣的推理賽嗎？

米澤　我認爲那種類型的推理小說，和我自己這種理論先行的風

格相當契合。《冰菓》的解謎場面，是眾人互相發表推理，甲論乙駁地進行，那也是當成縮小版的《毒巧克力命案》來寫。不是縮小版，而是寫成一整冊的，就是《愚者的片尾》。

——在別家出版社推出的《再見，妖精》，聽說原本預定是「古籍研究社」系列的第三集，中間發生了什麼事？

米澤　其實是出版「古籍研究社」系列兩集的「Sneaker Mystery俱樂部」書系停掉了，導致我已著手進行的下一本續集無法推出。這時，恰巧東京創元社的編輯聯絡我，詢問我手上有沒有什麼稿子，於是我將懸在半空中的稿子交給對方。對方表示「這部作品非出版不可」，因此約了角川書店的編輯，三方見面

討論。角川書店的編輯說「現在要在我們家出版有點困難，麻煩您了」，最後重新改寫而成的，就是《再見，妖精》。

——《再見，妖精》裡登場的太刀洗萬智，後來也在《王與馬戲團》、《眞相的十公尺前》登場。在古籍研究社，太刀洗的角色原本會是誰呢？

米澤　其實沒有，是在重新改寫的時候，才出現太刀洗這個角色。

——原來如此！經歷迂迴曲折的過程，三年後「古籍研究社」系列又重啓了。

米澤　因爲和《再見，妖精》同樣在東京創元社出版的《春季限定草莓塔事件》很幸運地頗受歡迎，於是前兩部作品重新加入角川文庫的陣容，並推出平裝本的全新第三集《庫特利亞芙卡的順序》。

第三集寫的是秋季文化祭當天的事。由於前兩集都提到文化祭，實在不能不交代一下當天的狀況吧（笑）？當時我想以多視角的形式來寫。這三天之間，古籍研究社的眾人何時在校內的何處，各別發生的事又在哪裡、如何彼此相關，製作四人份的設計圖大費周章，但相當有趣。雖然折木幾乎都沒移動，實際上只有三人份啦。在上一集寫不出劇本的人物，最後揭露她有著個人的想法和隱情，並非純粹作爲推理戲的棋子而存在，既然安排了這樣的結局，我也希望古籍研究社的四人不僅僅是扮演推理小說中的角色而已。從這層意義來說，《庫特利亞芙卡的順序》是一個轉捩點。

——兩年後，推出了短篇集《繞遠路的雛偶》，描寫他們身爲高中一年級生的一年之間發生的事。

米澤 雖然往後也能不斷地寫他們一年級發生的事，但在寫這部作品的時候，我決定讓時間好好地往前推進。如果時間不前進，作爲小說一定會有所遺漏，最重要的是，我希望他們成長。其中〈該做的事盡快做〉，我打算寫G・K・卻斯特頓（Gilbert Keith Chesterton）的那種悖論。我在後記也提到，希望〈心裡有數的人〉和〈開門快樂〉，各別能成爲柯美曼（Harry Kemelman）的〈九英里的步行〉（*The Nine Mile Walk*）、福翠爾（Jacques Futrelle）的〈逃出十三號牢房〉（*The Problem of Cell 13*）的引介。這個系列當初推出時，就是放在向青少年推廣推理小說的書系，而且若是能成爲讀者認識過去的推理小說名作的橋梁，我會覺得很開心。

——三年後出版的續集《兩人距離的概算》，他們終於升上二年級，迎接五月的馬拉松大賽。

米澤 從《繞遠路的雛偶》開始，逐漸出現了學校以外的世界。這是我看到邁可・拉文

（Michael Z. Lewin）的《A型女人》的原書名「*Ask the Right Question*」，猜想「這應該是只提出一次一針見血的問題的推理小說」，沒想到讀了之後，發現內容完全不同（笑），於是我不禁想讀自己想像出的內容了。配合長距離移動來推動劇情這部分我也聯想到史蒂芬・金（Stephen King）的《大競走》（*The Long Walk*），而我自己學生時期的種種體驗中，高中的馬拉松大賽留下深刻的印象，亦是主要原因之一。當時的比賽，我們得在山岳地區跑約十五公里。

──學妹的登場，促使古籍研究社的衆人展現出不同的一面。

米澤　如果他們總是以熟悉的形象登場，寫起來很輕鬆，也很愉快，但既然決定讓時針繼續往下走，我覺得不能畫地自限。《兩人距離的概算》就是描寫來自外界的新角色引發的變化，而續集的《遲來的羽翼》，則是他們自身不得不產生變化。

──在時隔約六年的新作短篇集《遲來的羽翼》裡，有兩篇是以伊原的視角講述。

米澤　當時我已在雜誌上寫了伊原視角的〈那些沒映照在鏡子裡的〉。〈我們的傳奇之作〉我考慮過以福部的視角來寫，但這純粹是考量到短篇集的平衡，就小說本身來看是不對的。依小說發展的必然性，無論如何都得是伊原自己的故事才行，於是我決定放入兩篇她的視角的故事。

至於里志，我覺得〈手作巧克力事件〉（收錄於《繞遠路的雛偶》）裡已多少觸及他的內心，而且他往後也不可能繼續「樣樣通樣樣鬆」地成爲大人，因此想要慢慢地深入描寫。

──這次《遲來的羽翼》同名篇章裡，進入暑假後，千反田面臨不得了的狀況。

米澤　這個標題三、四年前就構思好了，只是根據大綱更進一步正式下筆時，我才總算清楚意識到原來千反田是這種想法。在另一項企畫中，思考古籍研究社四人的書架時，唯獨千反田的書架我遲遲想不出來。因爲她的將來早已決定，接受這樣的將來的同

時，她幾乎是處於被禁止煩惱的狀態，但這次透過描寫根基崩壞的千反田，我逐漸能夠想像她是閱讀哪些書籍長大的。

在《冰菓》最初的雛型裡，千反田僅僅是個帶來謎團、像機器人般空洞的人。我覺得彷彿花了十五年的時光，來揣摩出她的內在，以及她是怎樣的人。

——「小市民」系列也是以高中生爲主角的青春推理小說，您如何區別與「古籍研究社」的不同？

米澤　推理小說中描寫的世界，是以推理的常識裝飾出的世界。偵探角色每次出門旅行，就會遇上殺人事件，然而現實中不會發生這種情況。「古籍研究社」漸漸脫離這樣的推理世界，但「小市民」系列的登場人物是更根深柢固的推理世界的居民，只要外出，就會遭遇事件。這邊也預定在年底推出短篇……

——我們也很關心古籍研究社往後的發展。

米澤　之後應該會以千反田的事件爲基礎，描寫他們的暑假。接下來或是再接下來，我想要寫畢業旅行。每一部作品對我都很重要，但古籍研究社與我交情最長，感情也格外深厚。只是交情一長，難免會有熟極而流於習慣之嫌，我會小心拿捏分寸，繼續創作。

「古籍研究社」全新短篇

虎與蟹，或
折木奉太郎殺人事件

某天，大日向把一本鏑矢中學發給學生的
《讀書心得範例》小冊子帶來地科教室。
眾人熱烈討論，奉太郎內心卻是七上八下——

插圖／安住虫

壞事眞的不能做。過去總有一天會曝光。即使拚命辯解，說是當時年輕不懂事、那個年紀任誰都會做傻事，面對不動如山的確鑿證據，也無望得到酌情量刑。這就形同一腳踩進自己設下的圈套，若是引用前陣子在書上讀到的句子，那就是「無人知曉無從預料的命運在何處設下了陷阱」。光是換得我要努力活得光明磊落的決心，今天在這裡承受舊瘡疤被揭開來的精神拷問，就算是値得了。

某個星期二，社辦的地科教室裡，古籍研究社難得全員到齊。明明平常都只有兩、三個人，爲何偏偏今天一個也不缺？實在教人咬牙切齒。

當一年級的大日向興沖沖地在桌上攤開那本冊子，大喊「我帶來了！」的時候，怎麼說，我甚至有種遭到早已丟棄並遺忘的事物伏擊的感覺。

「咦，好懷念。我都忘了以前有這樣的冊子。」

里志輕鬆地說，一旁的伊原佩服道：

「妳眞的找到了！小向，妳眞會保管東西。」

大日向假惺惺地挺起胸膛回應：

「對吧？我朋友也常這麼說。」

那麼，看來這本冊子會出現在放學後的地科教室，是受到伊原的唆使。我強自壓抑湧上心頭的不安，試著專注在手中的書本上，卻是徒勞無功。

原本鎭坐在教室後方的千反田起身走過去，彎腰探頭看著大日向放在桌上的冊子。

「《讀書心得範例》……這是什麼？」

「喔，這個啊……」

大日向說著，瞄了伊原一眼。於是，伊原接過話：

「這是鏑矢中學暑假前分發給學生的冊子。考慮到突然要大家寫讀書心得，可能會不知從何寫起，所以收錄去年的心得作業，供學生參考。」

「是花島老師編選的。」里志補充說明，大日向搭腔：「小花老師！好懷念～」

原來他們這麼稱呼花島老師嗎……？

「花島老師是鏑矢中學的國文老師，對嗎？聽說他把折木同學寫的讀書心得送去參加市內的比賽。」千反田說。

「對，就是那位老師。」

里志一臉得意地點點頭。

「老師對詞彙和句法的要求相當嚴格，但他說在這個基礎上，更希望大家能自由抒發，在讀書心得中寫出自己的詮釋。這本冊子……怎麼說呢，我記得老師解釋過，收錄的是示範可自由發揮到何種程度的極端例子。三年之間，每一年都會發給學生。我本來以爲每一所中學都有這種東西，其實是我們學校獨有。」

「印地中學就沒有這種東西。」

千反田應道。現在的古籍研究社社員裡，只有她是來自不同的中學。

「福部同學也參考了嗎？」

「印象中內容很有趣，至於參考……應該說，我沒寫讀書心得。」

這不是什麼值得正大光明宣布的事吧。伊原搖著頭，彷彿在說孺子不可教也。

「我都有讀喔。而且，我每年都十分期待。」

大日向的嗓門向來很大。「我滿喜歡國文的，不過讀到這些範例，就會覺得自己的腦筋實在太死板，只能寫出平凡無奇的心得。」

「要論腦筋死板，」千反田打趣地微笑說：「我也不遑多讓。」

「啊哈哈，這就是凡人的悲哀。」

「沒錯。」

聽到大日向和千反田自稱是凡人，實在教人難以信服。雖然和里志那種類型相比，的確算是平凡。

我不經意地望向窗外，操場上散布著運動社團的學生。時值春季，櫻花尚未落盡。成功招攬到新社員的社團，應該正在傳達社團須知的階段。古籍研究社沒有必須傳授的技巧，或避免受傷的注意事項，充其量只能像這樣漫無目的地瞎扯淡。

千反田拿起冊子信手翻閱：

「〈朗·奇奇·奇奇·坦〉（*Rump-Titty-Titty-Tum-Tah-Tee*）讀書心得。咦，作者的名字是英文縮寫。K·B，這縮寫只能想到兩個人。」

「這一篇有標上名字，青木薰子。」

製作範例冊子的前提就是要讓學弟妹參閱，因此很多學生不希望自己的心得被收錄。換句話說，如果是送去參加比賽，只好勉爲其難亮出名號，但絕對不想淪爲學弟妹的笑柄。範例冊子的主要目的是提供心得撰寫的參考，作者的名字並不重要，所以不願意姓名曝光的學生，便以英文縮寫示人。

「重點是……」

大日向說著，從千反田手中輕輕抽回冊子。她翻了幾頁，大剌剌地吐出我在內心祈求「拜託住口」的話語：

「我想給大家看的是這篇，〈山月記〉讀書心得……H．O。」

大日向只亮出這一頁，就把冊子倒扣在桌上。

「鏑矢中學畢業，名字的英文縮寫是H．O……」

千反田說道，伊原接著低喃：

「比小向大一屆，也就是跟我們同學年……」

里志歪著頭說：

「H．O……齁？齁喔……（註）會選擇〈山月記〉這種有名但篇幅很短，感覺兩三下就能讀完的作品寫心得，叫『齁』的人……」

這些傢伙眞是的，每一個都那麼會消遣人。我將文庫本倒扣在桌上，斬釘截鐵地說：

「可不是我啊。」

大日向開心地拍手：

「原來不是學長！既然不是學長，就能毫無顧忌地來讀了！」

我一陣語塞。

「騙你們的，那就是我。」

里志苦笑、伊原插腰，紛紛吐槽：

「早就猜到是你了，奉太郎。」

「幹麼撒那種一下就會被拆穿的謊嘛。」

千反田則是面露慈愛的笑容，微微偏著頭說：

「折木同學大概是有點害臊吧。」

既然知道，就不要講出來好嗎？

註：HO也是奉太郎（HOTARO）的「奉」字發音。

大家想讀嗎？面對大日向的提問，其餘三人分別給予肯定的答案。事已至此，已無路可逃。不過，如果是〈山月記〉，還不會造成致命傷。

「好，當成往後學習國文的參考，大家一起來讀折木學長寫的心得吧！」

大日向說完，覷了我一眼，一本正經地說：

「不過，如果學長不願意，我們就不讀了。」

這種情況怎麼似曾相識？上星期也被問到一樣的問題。我的回答還是不變：

「那是公開資訊，想讀就讀吧。」

嚴格來說，那是以匿名爲條件，向中學的學弟妹公開的內容，雖然我的化名被揭穿了，但也不能因此禁止別人看。三年前，老師詢問我是否同意讓讀書心得收進冊子供學弟妹參考時，我萬萬料不到在上了高中以後，會變成社團成員拿來消遣我的把柄。然而，公開是一種不可逆的行爲，原本就不該有附帶條件……這是我姊的說法啦。

大日向抿嘴一笑，目光掃過其他成員，問：

「對了，有人沒讀過〈山月記〉嗎？」

地科教室頓時爲一陣奇妙的寂靜籠罩。

據我推測，造成這陣沉默的原因，並不是沒人讀過〈山月記〉。雖然自己讀過，但或許有人沒讀過，如果此時說「我讀過」，可能會讓沒讀過的人感到尷尬——我覺得是這種體貼的沉默。總之，第一個開口的是里志：

「我有點忘了耶，方便講一下大意嗎？」

「沒問題！」

大日向挺起胸膛，以嘹亮的嗓音說明：

「〈山月記〉是中島敦非常有名的短篇作品。內容敘述一名優秀的男子考中科舉，然而，比起當官，他更想成爲詩人，留名後世，於是他辭去官職，專心寫詩，可惜一直籍籍無名，無奈之下，只好再回去當官，卻受不了被當成新人使喚，某天突然失蹤了。這是開頭。

「男子失蹤一段時間後，某個官員出公差經過山上，遭到老虎攻擊。老虎本來要咬死官員，下手前一刻卻跳進草叢，喃喃說著『好險、好險』。官員覺得那聲音十分耳熟，於是呼喊失蹤男子的名字，老虎在草叢裡回應，表示就是他沒錯。男子怎會變成老虎？變成老虎以後，男子每天都在想些什麼……這部分我沒辦法解釋得很好。」

里志露出曖昧的表情，說：「我想起來了，謝謝。」

大日向拿著冊子，彷彿相當引以爲榮地笑道：

「讀到這位H．O學長的文章時，我插點沒跌破眼鏡。這內容雖然不是完全想不到，但也不是會去追根究柢的問題，最重要的是，根本不會想寫成讀書心得交作業。能夠見到作者，我好開心，請跟我握手。」

大日向和我坐得很遠。我們把手伸到半空中，進行隔空握手。

「那麼，來，這就是正文。」

大日向把倒扣的冊子翻回正面，除了我以外，四顆腦袋一字排開，讀起內容。

我假裝繼續讀我的文庫本，但根本心不在焉，這也難怪吧。寫了哪些內容，我幾乎都還記得。

〈山月記〉讀書心得

二年級　H．O

讀了〈山月記〉，我覺得很有趣。李徵和袁傪能夠重逢，眞是太好了。李徵似乎過得不錯，太好了。希望他長命百歲。

我們家附近有野貓，雖然會喵喵叫，但從來不會說話。我並不是二十四小時都監視著野貓，或許在我沒看見的時候，其實牠們會開口說話，不過，但我想貓應該沒辦法說人話。因爲貓的嘴巴、舌頭和喉嚨的構造，和人類完全不同。

袁傪在山上遭受老虎攻擊，老虎卻在生死關頭放過袁傪，躲進草叢，反覆低喃「好險、好險」。袁傪聽到這聲音，問：「這聲音不是吾友李徵子嗎？」老虎回答：「正是在下」。袁傪是對著草叢說話，回答也是從草叢裡傳出。

老虎和貓一樣，嘴巴、舌頭、喉嚨的構造

與人類不同。即使擁有人類的意識，也不可能透過老虎的嘴巴說出人話，即使能夠，應該也說得結結巴巴、含糊不清，聽起來比鸚鵡學舌怪腔怪調許多。

然而，袁傪只是聽見草叢裡傳來的低喃，就認出是李徵的聲音。換句話說，那聲音和李徵一模一樣。「老虎不會說人話」，加上「聽到李徵的聲音」，由此導出的結論只有一個：草叢裡除了老虎以外，還有依然是人類的李徵。

和老虎待在一起，卻不感到害怕，甚至與人交談自如，表示李徵已馴服老虎。那麼，他在深山裡做什麼？有兩種可能性。

第一種可能性是，李徵在操控老虎，防止老虎攻擊人類。因此可說李徵是默默監視著老虎，暗中助人。李徵是個好人。

另一種可能性則是，李徵教唆老虎去攻擊旅人，然後從屍體身上奪取財物。幹這種勾當的人，就叫山賊。李徵是個壞人。

李徵是在監視老虎，或者他是山賊？從本人的陳述，難以釐清這一點。因爲李徵對於無法成爲詩人的自己深感羞恥，如果他在從事寫詩以外的不法勾當，應該會瞞著所有人。小說中有段描述，似乎可當成推論的線索。

李徵說明未能成爲詩人的心境，吟了幾首他寫的詩之後，請求袁傪幫忙照顧他的家人，接著自嘲：「如果我仍算是個人，應該先託付你這件事才對。」

可是，我覺得這有點說不過去。李徵是無法成爲一流的詩人，感到痛苦萬分，才拋棄地位和家人。與舊友重逢的時候，先傾訴自身的痛苦，才是人之常情。然而，李徵卻對此感到羞愧，做出根本是多餘的自嘲辯解。這是爲什麼呢？

因爲李徵根本就知道家人過得很好。李徵擔心太晚開口託付家人的事，袁傪會察覺他其實知道家人有錢、有房子，過著衣食無虞的生活，於是急忙解釋，把家人的事擺在第二順位，是他已失去人性的緣故。

李徵之所以知道家人衣食無虞，當然是因爲他會送錢回家。監視老虎賺不了錢，他離家以後，恐怕就淪爲山賊，藉此謀生。

老虎攻擊袁傪的時候，李徵說「好險、好險」，或許並不是發現旅人是老友袁傪。當時尚未天亮，一片漆黑，李徵看到的應該是顯示旅人身分地位的服飾，而不是袁傪的臉。

操縱老虎的山賊李徵，在下手前一刻發現今天的獵物是國家官員，連忙制止老虎。萬一傷害官員，衙門會派人打虎，搞不好還會出動軍隊掃蕩，因此李徵才會說「好險」。畢竟的確是千鈞一髮。

李徵看起來過得不錯，讓人欣慰，但他的工作非常危險，或許無法長命百歲。這是我讀完〈山月記〉的感想。

分不出是「唉」還是「喔」的嘆息聲，傳了過來。雖然不知道是誰在嘆氣，但我聽得出那絕非讚嘆。有句成語叫「先下手爲強」，我得在對方開口之前制敵機先：

「中學生本來就滿腦子無聊思想啊。」

「不不不，」里志開口：「怎麼說，眞是不容小覷。國二的時候，我並不覺得奉太郎特別奇怪，原來是我看走眼了。」

大日向顯得莫名開心：

「哪像我，甚至沒發現袁傪並未直接看到老虎說話。我明明很喜歡這篇故事，讀了好幾遍。」

相對地，伊原一臉難以信服：

「有趣是有趣……可是，不能當成就是這樣的故事嗎？我自己是接受老虎會說話的設定去讀。」

「不，妳那樣讀才是對的。」

我並不是認眞地以爲李徵是山賊，也不是無法理解老虎是李徵扭曲的心靈的比喻。只是，我拒絕明理地接受「就是這樣的故事」，於是玩了一場天眞直率，或者說惡意刁難的遊戲，刻意表示：純粹從文字內容來看，也能這樣解讀啊……不過，爲了追求更刺激的結論，任意曲解原意，也是事實，所以國文老師花島讀完苦笑：「你的解釋雖然有趣，但刻意追求有趣，反倒變得無聊了。」同意「就是這樣的故事」，等於是讀者協助完成故事，也可說是作者和讀者締結合作關係，或共犯關係。這種默契並不罕見，倒不如說相當普遍。就像音樂劇中的角色突然在路上引吭高歌、古裝劇裡的員外只會魚肉鄉民，這些硬要說奇怪，確實很奇怪，不過挑剔這一點也沒意義。如果想看沒有任何共犯關係的故事，應該拋開書本，在現實中的街頭尋找。這種故意拒絕成爲共犯的讀書心得，連我自己都覺得確實是中二病患者的乖僻產物。

我懶得向伊原解釋這一大串，那才是嫌丟臉還丟不夠。

千反田睜大了本來就大的一雙眼睛，卻沒開口。所謂「被彈珠打中的鴿子」的驚訝貌，就是這副模樣嗎？我正覺得她會在下一秒吐出「咦！折木同學沒看過貓說話嗎？」之類的話語，她卻圓睜著那雙大眼，轉向了我。從她的表情，難以判斷是驚訝還是傻眼，我彷彿受到責備，忍不住別開臉。

「折木同學……」

我的聲音卡在喉嚨裡出不來。

「好厲害……」

我能當成稱讚嗎？

總之，最難熬的時刻已過去。好了，別再做揭人瘡疤這種毫無建設性的行爲，我們應該把精力運用在更有建設性的事情上！對了，來討論社刊如何？爲了即將到來的文化祭，我們五人合力完成一本精彩的社刊，在全校打響古籍研究社的名號！

我說不出口……若是在這個節骨眼說出這種話，里志很可能會酸溜溜地說：「好啊，那就請奉太郎寫篇《平家物語》的讀後心得？」

眞傷腦筋，該如何轉移話題才好？在我猶豫的瞬間，大日向乘虛而入。不，大日向應該只是照著她原本的想法行動，並未窺伺我的可趁之機，但對我來說，完全就是一記暗箭。大日向慢慢地把手伸進書包裡，抓出另一冊《讀書心得範例》。

「嘿嘿，其實這一冊才是重頭戲！」

沒人知道可恨的命運會在哪裡設下陷阱……！

大日向會特地從住處挖出這種東西帶過來，想必是在我不知道的情況下，伊原跟她提起有關我的讀書心得的事。中學一年級的時候我寫了《跑吧！美樂斯》的讀書心得，陰錯陽差之下，在這間地科教室被拿來當成茶餘飯後的話題。大日向就是聽到這件事，才會想起《讀書心得範例》吧。

中學一年級，我寫的是《跑吧！美樂斯》的讀書心得。二年級寫的則是〈山月記〉。兩篇都一樣，回想起內容，臉都彷彿會燒起來，其實我想高聲尖叫，放把火把所有紀錄燒光，但我發揮非凡的自制力，壓抑這股衝動。可是——可是接下來的發展眞的不妙！

「這是我們三年級的時候發的冊子，裡面也有H．O的讀書心得。雖然讀起來有點怪怪的，可是這篇我也滿喜歡。」

現在……現在來得及嗎？我還有時間從座位跳起來，加速衝向大日向，搶走她手中的冊子，撕下那幾頁，塞進嘴巴裡吞掉嗎？即使不可能將全世界的《讀書心得範例》銷毀殆盡，最起碼在今天這個當下，能阻止我中學三年級時寫下的讀書心得被攤開在陽光底下，不是嗎？

「對了，這次閱讀的作品是〈猴蟹大戰〉。」

啊，她說出來了。

「咦，不會吧！」

「什麼？眞的嗎？」

在里志和伊原的驚呼中，冊子被放到桌上。來不及搶走了。如果當機立斷，火速行動，或許仍有機會，但事到臨頭，我卻受到自尊心和常識阻撓，連一本小冊子都無法埋葬。啊，舉棋不定的人只會落得失去一切的下場，我學到了這個教訓。

……其實我知道，只要我說「呃，我不知道妳連那一冊都有。那篇心得我不想被人看到，不要看」，他們也不會霸王硬上弓。每個人都不喜歡看得到卻吃不到，尤其是出了名的好奇寶寶千反田愛瑠，或許心裡會感到悲傷，但表面上應該還是會表示理解。

然而，我無法開口，畢竟剛才已宣示：那是公開資訊，想讀就讀吧。明明仔細一想，就知道大日向手裡可能有第二冊，我卻不小心依平常的模式回答。我不想在這種情況下扭曲依慣常的想法說出口的話，那樣會讓自己變得廉價。

因此，我不得不大方允許別人閱讀自己寫的〈猴蟹大戰〉心得。

……哎，沒事的。乍看之下，那只是一篇普通的心得，不可能有人發現箇中玄機。

我刻意不看他們——其實是沒臉看，但仍聽得到他們的交談。

「不好意思，要再確認一下，有人沒讀過〈猴蟹大戰〉嗎？」大日向問。

里志回答：

「民間故事有很多版本，如果跟我知道的版本不一樣，請再告訴我。」

「啊，不是，這是……」

「猴子和螃蟹交換飯糰和柿子，可是柿子沒熟，所以螃蟹把種子埋起來，長成了柿子樹，於是猴子跑來說要幫忙採柿子。然而，猴子自顧自在樹上吃柿子，甚至拿沒熟的青柿子扔螃蟹，把螃蟹砸死了。

「螃蟹有個兒子，發誓要爲父親報仇。栗子、蜜蜂和馬糞……失禮了！加上石臼都來幫忙，他們分頭潛入猴子家埋伏。猴子點燃地爐的火，藏在裡面的栗子爆開來灼傷猴子。猴子想用水瓶裡的水沖涼傷口，卻遭躲在裡面的蜜蜂螫咬。猴子連忙逃出屋子，途中踩到馬糞摔了一跤。這時，石臼從屋頂跳下，壓死了猴子。如此這般，螃蟹成功復仇。大概是這樣的情節。」

「噢……」這不知道是誰的感嘆聲。

「好厲害！民間故事的內容，大部分的人都會記得七零八落，可是福部學長記得好完整。」

「還好啦。」

「可是，不好意思，我剛剛本來要說的，雖然是〈猴蟹大戰〉，但這不是民間故事，而是芥川龍之介寫的〈猴蟹大戰〉。」

沒錯。不好意思啊，里志。

當然，里志並沒有為此洩氣，只說：

「咦，芥川龍之介寫過這樣的作品？我都不知道。」

伊原出聲附和：

「我也不知道。還以為芥川的作品我讀得算多的。」

相對地，千反田不發一語。或許她讀過。

大日向接著說明：

「〈猴蟹大戰〉篇幅很短，應該可稱為極短篇吧。內容是描述螃蟹為父報仇的後續。螃蟹他們並未就此過著和平的日子。由於殺人罪——雖然被殺的是猴子而不是人，不過先不計較這一點——遭到逮捕和起訴。主犯螃蟹被判處死刑，石臼等人則是無期徒刑。世人沒有支持螃蟹。商工會議所的會長，指稱螃蟹是共產主義者，而社會主義者又指控螃蟹具有反動思想……就像這樣，幾乎沒人替螃蟹說話。螃蟹家失去一家之主，頓時陷入悲慘的境況。大致是如此。」

「我有點想讀讀看，」伊原似乎難以接受，「不過內容只有這些嗎？」

「唔，不止這些，但我也不好全說出來。總之，H．O學長的心得是這篇。」

好了，我的舊惡即將受到制裁，還是能順利恢復平靜的日子？接下來就是生死關頭了。

〈猴蟹大戰〉讀書心得

三年級　H．O

讀完〈猴蟹大戰〉，我很同情螃蟹和蜜蜂他們。即使當下平平安安，也難以預料何時會被捲入麻煩。我不禁思考，在關鍵時刻，應當如何自處？

如同作者所述，猴子朝螃蟹丟青柿子，導致螃蟹死亡，這是傷害致死罪。相對地，螃蟹並非失手殺人，而是預謀殺人罪。他們縝密地構思了一套殺人計畫，因此螃蟹是重罪，被判處死刑是咎由自取，蜜蜂等同夥也一樣，被判處無期徒刑是恰如其分，很有說服力。

不過，我強烈地認爲，如果律師的本領再好一點，審判的結果應該會天差地遠，對螃蟹有利許多。我查資料（繪本）進行確認，吃了一驚。原來螃蟹雖然憎恨猴子，但並未直接參與殺害猴子的行動。躲在猴子家地爐裡的是雞蛋（不是栗子。蜜蜂和石臼則是一樣。我第一次知道有雞蛋登場的版本），螫傷猴子的是蜜蜂。儘管拉繩子絆倒猴子的是螃蟹，實際下手殺害猴子的並不是螃蟹，而是石臼……資料中，還有馬糞妨礙猴子逃亡的情節，這一段應該是作者認爲有損小說的格調，於是割捨了。

螃蟹應該可以這樣抗辯：「沒錯，我是向石臼他們傾吐過心中的怨恨，但沒開口請求他們幫忙殺掉猴子。你們有證據能證明我委託他們殺害猴子嗎？」確實，石臼他們行俠仗義，替螃蟹報仇雪恨。然而，他們並非殺手集團，恐怕找不到任何螃蟹委託殺人的證據，或是買凶的報酬。

雞蛋也大可理直氣壯地說：「我躲在地爐裡有什麼錯？雞蛋加熱就會爆開，這是每個人都知道的常識，炸到猴子雖然不幸，但這樣就指控我殺人，未免太離譜了。」蜜蜂一樣可說：「我只是待在水瓶裡，就無故遭到猴子攻擊，換成是你們，也會反擊。」……眞正無法抗辯的，只有實行犯的石臼。弄髒手的人總是最倒楣。

螃蟹被判處死刑固然令人同情，但他明明有辦法抵賴。讀完〈猴蟹大戰〉，我的感想是，參加某些計畫時，出主意就好，骯髒事交給別人去做，才是自保之道。

「這是什麼鬼啊……？」

里志發出錯愕的聲音。

「很有意思吧？」

大日向開心地說，伊原不滿地應道：

「也不是不有趣，可是怎麼說，實在惡搞過頭了。」

唔，沒錯。那篇心得只是在惡搞。好了，這件事到此爲止，來討論如何促進世界和平吧！

「跟《跑吧！美樂斯》和〈山月記〉的心得相比，篇幅短了許多。」

枉費我的祈禱，千反田這麼低喃，接著問：

「折木同學，這是爲什麼呢？」

受到指名，無法置若罔聞。我面向千反田等人，但眼神閃躲：

「之前提過，我以爲讀書心得最少要寫滿五張稿紙，後來發現其實是五張以下，所以三年級的時候就寫短一點，僅僅如此。」

千反田的目光落在冊子上，不置可否地點點頭：

「這樣啊……」

她看起來有些不滿，我的背後冒出冷汗。

「雖然對大日向有點抱歉，」里志這麼聲明，接著轉向我補了句「對奉太郎也有點抱歉」。「但我不太能苟同。〈山月記〉的心得有能說服人的地方，但這篇不一樣。沒讀過芥川的原文就批評似乎不太對，可是這篇文章感覺像在雞蛋裡挑骨頭。」

「對，可是……」大日向噘起嘴，「如果眞要計較，雞蛋裡挑骨頭和正當的批評有什麼不一樣？」

「問得這麼直接……」

里志不禁語塞。

「的確很難回答啦……」

「對吧？確實，這篇比較乖僻，感覺讀完不是喜歡就是討厭，但我喜歡，也不覺得和〈山月記〉的心得有什麼不一樣。」

居然喜歡這種廢文，我誠心想跟大日向表達感謝，但里志才是對的。這篇完全就是雞蛋裡挑骨頭。我不打算插嘴，於是默不吭聲。只見伊原交抱雙臂，轉向大日向說：

「我也沒有讀過文本，所以不知道能不能恰當地說明，不過無論是小說還是漫畫，都會有沒清楚交代的部分，或是可任由讀者解釋的模糊空間吧？如果全部寫出來就太囉唆了，而且根本不可能全部寫出來。」

口氣像在曉諭。大日向並未頂撞，追問：

「這是什麼意思呢？」

「比方，主題是在迷宮裡探險的漫畫，不會畫出上廁所的場面吧？將這一點視為缺漏還是省略，解讀便會不同吧？就是這麼回事。」

「啊，我好像懂了。」

「所以，我覺得懷著惡意解讀這些模糊之處，是在雞蛋裡挑骨頭。」

「也就是說……？」

「這是我的猜測，芥川的〈猴蟹大戰〉裡，應該沒有螃蟹和石臼招認彼此是同夥的描述。可是，如果螃蟹被判處死刑，石臼他們被判處無期徒刑，那麼即使沒有明寫，也可推測應該有某些自白或證詞，證明兩者的共犯關係。當然，把這段證明寫出來或許對讀者比較親切，但就和迷宮裡的廁所一樣，全部寫出來，不一定能讓作品更好，尤其是故事的重點在別處的情況。」

大日向默默點頭。

「然而，折木卻把沒寫出來的地方當成疏漏，說螃蟹一夥應該要否定他們的共犯關係。如果折木眞心認為未能證明兩者的共犯關係，那不是折木的解讀太膚淺，就是文本的敘事太薄弱——雖然不太可能是文本的問題啦——不管怎樣，這篇心得都是一種批評。姑且不論是好的批評，還是糟糕的批評。可是……」

伊原瞄了我一眼，但眼神並不特別嚴厲。

「如果明知是省略而非疏漏，仍故意寫得像是疏漏一樣，就是在雞蛋裡挑骨頭了。因為〈山月記〉的心得雖然古怪，卻感受不到這種惡意。阿福要說的，大概就是這個意思。」

該說不愧是平常就自己創作漫畫的人嗎？其實，我根本沒想得那麼深。大日向轉向里志，詢問：

「是這樣嗎？」

里志模稜兩可地笑道：

「大概吧。抱歉，聽到一半就恍神了一下。」

不曉得是不中意里志的回答，還是為自己的長篇大論感到害羞，伊原微微攤開雙手表示：

「我說完了！」

大日向盯著兩本冊子低喃：

「這兩篇心得在水準上有差，是嗎？可是，雖然我不清楚折木學長——H．O學長的用意，但也不能確定他是故意在雞蛋裡挑骨頭吧？這部分不是很模糊嗎？」

里志聳了聳肩，回應：

「是很模糊。噯，沒辦法啊。既然連別人的心情都不可能百分之百瞭解，怎麼可能透過文章百分之百理解作者的用意？」

雖然覺得里志未免過於豁達，但總之太好了。不怎麼樣的感想文被評斷為不怎麼樣，這下審判的時間終於結束了吧？就算起身離席，應該也不會被解讀為落荒而逃。最後留下一句風雅的評語，來結束這場放學後毫無建設性的閒聊吧！

正當我這麼想的時候，一直默默盯著那篇心得的千反田伸指抵住嘴唇，幾不可聞地細聲呢喃：

「SO、TSU、GI、YO、U……？」

「咦，什麼？」

伊原驚訝地問，但千反田依然緊盯著冊子不放。

「摩耶花同學，『SO、TSU、GI、YO、U』是什麼？」

「『SO、TSU、GI、YO、U』？『畢業』嗎？」

千反田的雙眼頓時一亮，說道：

「畢業！沒錯，一定就是畢業！」

地面崩塌的感覺籠罩我的全身。噢，神啊……

「什麼畢業？」

里志問，千反田的手指從嘴唇移向我的那篇心得。住手，放過我！為什麼偏偏是千反田發現！

「折木同學的這篇心得，應該是寫在稿紙上繳交的，所以我思考了一下，原本應該是什麼樣子。」

「原本的樣子……意思是，文章修改過嗎？」

「不是的。如果寫在稿紙上，會是什麼樣子？若是四百字的稿紙，就是一行二十字，一頁二十行，對吧？」

「啊！」

里志恍然大悟地點點頭：

「也就是換行的位置不一樣。嗯，確實，如果是用稿紙，每二十字會換行一次。可是，這又怎麼了嗎？」

「要是換行，就會變成『畢業』。」

現場彌漫著全員愣住的呆傻氛圍。

「呃……什麼畢業？」

千反田一陣臉紅，連忙說：

「抱歉！我從頭解釋。」

求求妳住口……只見反田的眼神游移，彷彿在整理思緒。不久後，她下定決心，緩緩開口：

「折木同學的這篇文章，我覺得很不對勁。不管是螃蟹、石臼，還是蜜蜂……」

千反田指著文章各處繼續道：

「這些詞彙有時用漢字，有時卻用片假名，並不統一。可是，〈山月記〉的心得沒有這種情形。」

伊原和大日向紛紛出聲：

「啊，眞的耶。」

「這麼一說，我才發現……」

「奇妙的不光是這一點。折木同學的心得，我還讀過《跑吧！美樂斯》那篇，但〈猴蟹大戰〉有個地方是《美樂斯》和〈山月記〉兩篇都沒有的。」

停頓了一拍，千反田正經八百地揭曉答案：

「那就是第一人稱。」

沒錯。只有那個地方，非使用第一人稱不可(註)。

「提到參考繪本的地方，寫著『我查過資料〈繪本〉進行確認』。整篇文章除了這裡，便沒出現第一人稱，爲什麼只出現在這裡？爲什麼同一個詞彙，有時用漢字，有時用片假名？另外，爲什麼這篇心得特別短？我很好奇。」

說著，千反田瞄了我一眼。

「我也想過要直接問折木同學……但讀書心得被大家拿來觀賞，他似乎感到很害羞，所以我決定別去刺激他，試著自行思考。首先，我想像這篇文章原本會是什麼模樣。」
就是這一點莫名其妙。
里志似乎有同感，要笑不笑地問：
「因爲文章有點怪，就去想像文章原本在稿紙上是什麼樣子，沒人會這麼做吧？」
千反田微微歪頭，反問：
「是嗎？」
「是啊。」
「我倒覺得對照底本十分重要……而且，我相當擅長這種機械式的排列工作。」
千反田抿嘴一笑，單手握拳拉近身體，擺出勝利姿勢。這是在強調她很拿手嗎？
伊原雖然半信半疑，還是拿來筆盒。
「每二十字就換行嗎？小向，我可以用鉛筆畫上記號嗎？」
「啊，請便。」
一段沉默的時間過去。大日向的冊子上，那篇文章每二十字便畫上一槓斜線記號。

（※以下爲原文）

猿蟹合戦を読んだ。蟹や蜂たちがかわいそ/うだと思った。いまは平穏でも、自分もいつ/厄介事に巻き込まれるかわからない。ぎりぎ/りの時にどうふるまうか考えさせられた。

作者も書くとおり猿が蟹に青柿を投げ、よ/って殺したのは傷害致死だが、一方の蟹はう/っかり殺したわけではなく、殺人だ。計画は/入念に練られていた。重罪であり死罪もまあ/やむを得ないし、蜂たちも無期が妥当とされ/たことには説得力がある。

註：日文中常會略去主詞，在表達上無礙，但翻譯成中文時，許多地方必須補上主詞才自然，因此雖然該篇心得的原文中只有一個第一人稱「我」（わたし），譯文中卻不只出現一個「我」。

「這又怎麼了嗎？」
「喔，就是呢……」
千反田的雙手在半空中揮舞，似乎是急得不知該如何說明。
「我想像著寫在稿紙上的文章，文字就浮現出來了。就是……每一行的最後一個字可以構成句子。」
沒救了。
萬事休矣！
「意思是，折木同學在稿紙上謄寫這篇心得時安插了藏尾文，從每一行最後一個字橫著讀過去，便會形成『畢業』一詞。後面應該有下文。」
「眞的嗎？不是碰巧而已？」
伊原訝異地說，繼續以鉛筆做記號……
（※以下爲原文排版成日本稿紙樣式）

猿蟹合戦を読んで

三年　H・O

猿蟹合戦を読んだ。蟹や蜂たちがかわいそうだと思った。いまは平穏でも、自分もいつ厄介事に巻き込まれるかわからない。ぎりぎりの時にどうふるまうか考えさせられた。
作者も書くとおり猿が蟹に青柿を投げ、よって殺したのは傷害致死だが、一方の蟹はうっかり殺したわけではなく、殺人だ。計画は入念に練られていた。重罪であり死罪もまあやむを得ないし、蜂たちも無期が妥当とされたことには説得力がある。
しかし、弁護士の腕さえよければ、裁判の流れは、もっと遥かに蟹に有利な、違うものになっていたのではと思えてならない。わたしが資料（絵本）を確かめてみたところ、びっくりしたが、蟹は猿を恨んではいてもその殺害に直接には関わっていない。猿の家のいろりに潜んでいたのは卵（栗ではない。ハチや臼は同じ。卵が出てくる形もあるとは知りませんでした）であり、刺したのは蜂、たづなを引いたのは蟹でも、猿を殺害したのはカニではなく、臼だった。……資料では他にウマのフンが猿の逃亡を妨げたとあるが、それでは小説の美観を損ねるため、作者が割愛したのだろう。

蟹はおそらく、こう抗弁できた。確かにくやしい思いを臼たちには語りましたが、でも殺してくれとは一言も言っていません。あなたたちに聞きますが、私が彼らに、猿を殺してくれと言った証拠はありますか、と。確か臼たちは義憤により仇討ちを手伝った、おなじ志を持つ、仲間だ。殺し屋じゃあるまいし殺害の依頼書や猿の死に対する報酬等は全く見つからないだろう。

卵も、いろりの中にいたことが罪だとでも言うのか、熱せられればはじけるのは、あなたもご存じのはず、猿に当たったのはしかし不幸だったが、殺人とはとんでもないと、おお見得を切れたはず。蜂も同じように、おれは水瓶にいたところ猿に襲われただけだ、きみたちでも反撃しただろうと言えた。……ほんとうに抗弁ができないのは、実行犯の、ウスだけた。手を汚す者が貧乏くじを引く。

蟹が死刑判決を受けたのは、気の毒だったが、言い逃れはできた。何かの計画に加わろうとする時は、立案にまわる方が安全だろうと、蟹猿合戦を読んで思った。

「畢業乃……荒野之旅的……一里塚……可喜……」

伊原斷斷續續地念出來，大日向隨即大聲蓋過去：

「我知道了，這是詩歌！『畢業乃荒野之旅的一里塚，可喜亦復可悲，折木奉太郎』。哇！」

接著，千反田發出滿意的話聲：

「是一休禪師的狂歌（註一），原文是『門松乃冥土之旅的一里塚，可喜亦復可悲（註二）』。折木同學進行改寫，拿來吟詠中學三年義務教育最後一年心中的感慨，藏進讀書心得。」

然後是里志的聲音：

「咦……哎喲，沒想到奉太郎居然……我眞是太驚訝了。荒野之旅啊……堂堂奉行節能主義的奉太郎，怎會想到大費周章去寫這種藏尾文？」

大日向幾乎要嗨翻了：

「這還用說嗎？因爲折木學長喜歡寫讀書心得，應該也喜歡花島老師啊！學長，對吧？咦，學長，你那是什麼姿勢？」

這群傢伙都沒有中學時寫的詩被大刺刺地念出來的經驗嗎？他們怎能滿不在乎地做出如此殘酷的事！我雙手垂落，趴在桌面上，背對著那夥人，咕噥著「夠了喔」，言簡意賅地表達出我現在眞實無僞的心境：

「乾脆殺了我吧……」

註一：一種和歌形式，以五、七、五、七、七音構成，多取材自日常，幽默諷刺。

註二：門松是日本新年期間會裝飾在門口的飾品，希望年神依附其上。此詩的意思是，新年擺上的門松，雖然象徵又到了新的一年，卻也表示朝死亡更接近一步。

對談集 1

米澤穗信與推理作家

暢談古今東西的推理作品

深入探討孕育「古籍研究社」系列的推理文化，
接下來的兩篇對談提及許多名作，猶如一冊閱讀指南。

對談

北村 薰

「發現謎團」的醍醐味

刊登於《小說　野性時代》2013 年 5 月號

對談

恩田 陸

想寫出這樣的推理小說！

刊登於《小說　野性時代》2008 年 7 月號

說到「日常之謎」，首先會提起的作家就是北村薰老師。我們請到創造出「春櫻亭圓紫與我」系列等許多作品的北村薰老師，和以《冰菓》等校園推理小說博得人氣的米澤穗信老師，針對「日常之謎」進行了一番討論。

構成｜瀧井朝世　攝影｜YUJI HONGO

北村薰

」的醍醐味

對談

米澤穗信

「發現謎團

創作推理小說的契機

米澤　在我開始閱讀推理小說的時候，所謂的「日常之謎」已存在。在多方閱讀的過程中，拜讀了北村老師的《六之宮公主》，非常驚喜。《六之宮公主》是以芥川龍之介的短篇爲題材，我很驚訝竟然能夠把這樣的題材，如此眞摯地處理成推理小說。這部作品是我創作「日常之謎」的最大契機。

北村　眞是光榮。那部作品其實是以我的畢業論文爲基礎，連我自己都覺得是頗有意思的解謎。

米澤　在以前的作品中，我看到許多即使沒有命案照樣能成立的故事，卻因爲是推理小說，還是加入殺人橋段。現在即使沒有命案，也能夠成爲不折不扣的推理小說。我認爲「日常之謎」的普及，讓推理創作有了更多選項。

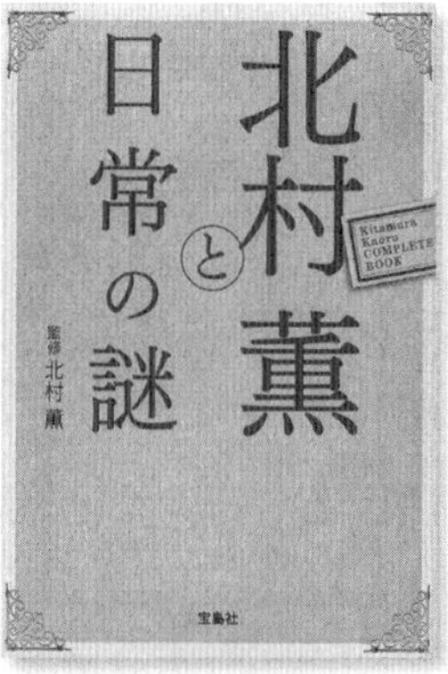

北村　我的第一部作品《空中飛馬》，對我來說是具有書寫的必然性的故事，並未特別想開創什麼流派。這樣的形式後來被稱爲「日常之謎」。我自身的情況是，如果描寫殺人事件，不光是被害者和加害者，我會忍不住思考他們的家人和對周遭的影響，因此會變得很困難。所以，尋找能寫的題材時，自然便避開了殺人事件，僅僅如此。

米澤　進行創作的時候，我也不會特別去意識到「日常之謎」這個類別。類別的名稱，在讀者想要讀某類作品時，可拿來當成找書的關鍵

北村薰（Kitamura Kaoru）
1949年出生於埼玉縣。在高中執教的同時，於1989年以《空中飛馬》出道文壇。1991年以《夜蟬》獲得日本推理作家協會獎，2009年以《鷺與雪》獲得第141屆直木獎，2016年榮獲第十九屆日本推理文學大獎。在散文、評論、編輯等領域亦十分活躍。

字，但創作者被這些名稱綁住，就是本末倒置了。

日常之謎的不可思議

北村　在我的眼中，本格推理的範圍非常廣泛，一切都能成爲謎團。比方，我在《推理小說十二個月》（ミステリ十二か月）這本推理作品導覽中提到，有一部非小說作品，板倉聖宣的《白菜之謎》（白菜のなぞ），介紹了江戶時代以前日本沒有白菜的理由。所以，如果以江戶時代之前的時期爲舞台的小說裡出現白菜，就是亂寫的。白菜是在明治（一八六八—一九一二年）以後才引進日本，在那之前，國內並未種植。據說，這是因爲白菜容易雜交，在有其他植物的種子會飛來的地區，不容易種植成長。日本第一批白菜似乎是在宮城縣採收，這又是爲什麼……？是這樣的謎。我覺得這已算是本格推理。米澤老師在日常生活中，也有覺得「這就是本格推理！」的情況吧？

米澤　前些日子，我在去車站的路上看到一個小學低年級的小朋友和母親走在一起，和他們擦身而過的時候，母親說「華盛頓的話就可以去」。如果是美國的華盛頓，感覺說不太過去，但附近又沒有名爲「華盛頓」的店，害我一直納悶那到底是在說什麼。

北村　或許不是在說「可以去」，而是「可以說」（註一）。

米澤　確實如此……！

北村　米澤老師會以過去的名作當成爲基礎，像《繞遠路的雛偶》裡的〈心裡有數的人〉，是從校內廣播的短句來解謎，那是在挑戰柯美曼的〈九英里的步行〉吧？

米澤　是的。但我是先知道實際發生的事件，想到和〈九英里的步行〉結合起來，可成爲一篇推理小說。這是從答案倒算回去，所以沒辦法太自豪。

北村　同一部作品裡的〈開門快樂〉，則是受到福翠爾的〈逃出十三號牢房〉影響。你經常爲過去的作品觸動嗎？

米澤　是啊。北村老師提到《六之宮公主》是從畢業論文衍生出來的小說，我也以大學的研究爲基礎，寫了《再見，妖精》這部以南斯拉夫爲主題的小說。

北村　啊，原來是這樣，眞是令人開心。

米澤　對了，剛才提到的白菜，是因爲能夠讓白菜受粉的植物，生存北限只到宮城縣一帶嗎？

北村　原來你一直在想這件事？（笑）不是的。聽說是在沒有其他植物生長的小島栽種成功。不過現在是怎麼種植的，我就不清楚了。宮城有松島灣栽種。

米澤　啊，原來如此。

北村　瞧，很本格推理吧？謎團解開，會有種緊張緩和下來的快感。這深得我心。我想寫出豁然開朗的快感，完全沒有「我要寫『日常之謎』！」的意識。

日常之謎沒有固定形式

米澤　確實，《空中飛馬》系列並非完全沒有犯罪性質。以《覆面作家有兩人》（覆面作家は二人いる）爲首的系列也一樣。

北村　那些多半也都是日常之謎。

米澤　再岔個題，「覆面作家」系列中，完全沒出現過男主角的男性第一人稱代名詞。

北村　現實中沒什麼人會用「僕」這個男性第一人稱，對吧？可是，在文章裡用「俺」，我自己也覺得不太對勁（註二）。

米澤　系列三集裡，一次都沒有出現過第一人稱代名詞，眞的是神乎其技！

北村　謝謝你發現這一點。

米澤　可以直接向作者表達這份感動，太開心了。回到「日常之謎」，我認爲最大的看頭，是發現謎團的部分，也就是「居然在這種地方發現謎團」、「這麼說來，確實很不可思議」。這是和其他推理小說類型有些不同的快感。

北村　不乏以爲是命案，卻發現只是意外事故，變成日常之謎的推理小說。端看寫法、表現和順序，有無窮的可能性。

米澤　也有後來才發現是「日常之謎」的情況。作家傑拉德・凱許（Gerald Kersh）有個短篇〈飲酒的弊害〉（*The Sympathetic Souse*），描述有一對兄弟，哥哥是個大酒鬼，弟弟卻滴酒不沾，然而不知爲何，哥哥酒喝得愈多，弟弟的健康狀況愈差。眞相大白時，我覺得若要安上一個推理小說副類別的名稱，可稱爲「奇妙的風味」或「日常之謎」。

北村　意思是，「日常之謎」沒有固定的形式，但也因此格外難寫。比方，光是描寫密室，即使作爲小說沒有特出之處，讀者還是能下嚥，這就是傳統與形式的優勢。可是，「日常之謎」沒有形式，各別是不同的故事。每一篇都必須從頭建構故事，需要相當大的努力和巧思。

米澤　不過，由於沒有固定形式，會想向讀者秀出各種花樣，告訴他們：還有這樣的形式喔！

北村　你有特別喜歡的「日常之謎」作品嗎？

米澤　要舉例的話，我很喜歡北村老師的〈砂糖大戰〉和〈六月新娘〉，若從最近的作品挑選，我對市井豐的〈機關齊斯卡的大限〉（からくりツィスカの余命）印象深刻。故事講述主角必須思索戲劇社寫到一半的劇本結局，作者運用了推理小說的某種形式，非常有趣。還有初野晴的〈魔術方塊的祕密〉，裡面出現一個六面全白的魔術方塊，也相當有意思。

北村　我印象深刻的作品，是我負責編纂的東京創元社的《日本偵探小說全集》裡，坂口安吾那一集的短篇〈ＡＮＧＯ〉（アンゴウ）。其中有著非常深奧的謎團，在恍然大悟後，眞相裡浮現出人性。結局有流淚的場面，但這些淚水一點都不廉價。這是一篇極爲出色的小說，因此過去都沒被收入推理小說相關的選集。編纂完成後，都筑道夫老師說「那篇作品很有趣」，我覺得十分開心。不過，這表示連都筑老師也沒讀過。

米澤　由於收入選集裡，推理小說迷也讀到了這篇作品。

北村　還有戶板康二的《綠色車廂的小孩》。這是以歌舞伎演員中

村雅樂為偵探角色的系列作之一。提到戶板老師的作品，像《團十郎切腹事件》雖然有切腹情節，不過是解開歷史之謎的小說，和以一般殺人事件為主題的作品不同。高木彬光的《成吉思汗的祕密》，與解開理查三世之謎的約瑟芬・鐵伊（Josephine Tey）的《時間的女兒》（*The Daughter of Time*），也是這樣的作品。

米澤　這麼說來，最近發現了理查三世的骨頭。

北村　雖然故事不需要事實作為擔保，但有一種得到背書的感覺。

簡短句子的謎團

米澤　北村老師最近參加了《和菓子精選集》（和菓子のアンソロジー），對吧？這本書的陣容相當驚人。老師的短篇〈接龍遊戲〉（しりとり）企劃，一面創作俳句，一面解謎，展現出推理小說新的可能性。提到詩歌，我從以前就有個問題想請教老師。或許不算日常之謎，方便請教嗎？

北村　可以啊，請說。

米澤　北村老師的《詩歌的埋伏》（詩歌の待ち伏せ）第一集裡，有一首佐佐木幸綱的短歌「你清脆地嚼著芹菜，天真無邪，愛這樣的你不需要理由」，我一直以為是父母看著嚼芹菜的孩子吟詠的歌，但讀過解釋，發現是在吟詠女友，非常驚訝……

北村　咦？我完全沒想過是孩童。

米澤　真的嗎？或許我被「天真無邪」這個詞綁住了。

北村　原來米澤老師不認為女性是天真無邪的啊（笑）。

米澤　嗚……

北村　短歌和俳句很短，因此可以有不同解釋，或許也算是一種「日

喜愛的日常之謎作品　北村薰推薦

板倉聖宣《白菜之謎》

白菜是何時傳入日本的？過去為何未在日本栽種？後來能夠大量栽種的理由是什麼？身為理學博士的作者詳盡解說白菜這種蔬菜的祕密。山貓文庫。

坂口安吾〈ANGO〉

收錄於《日本偵探小說全集10：坂口安吾集》（創元推理文庫）。矢島在戰死的友人藏書中找到一張眼熟的信箋，解讀上面的暗號後，他萌生出某個疑惑，然而真相卻出人意表。

戶板康二〈綠色車廂的小孩〉

收錄於《中村雅樂偵探全集2：綠色車廂的小孩》（創元推理文庫）。歌舞伎演員中村雅樂系列中的一篇。雅樂不願參加某次舞台演出，但在新幹線車廂裡遇到一名少女後，他決定上場，理由是什麼？

常之謎」。寺山修司有一首短歌「在沒看過大海的少女面前，頭戴草帽的我展開雙臂」，這首歌也一樣。一般的解釋是，男子告訴少女「海有這麼大」，但有人解釋爲男子「擋住少女前進」。意思是，如果少女看到海有多大，就再也不會愛他。在這樣的解釋裡，海代表著抽象的意義。

米澤 聽到您的解釋，讓人不禁覺得就是如此。還有，北村老師在雜誌《ＡＬＬ讀物》一月號寫了〈夢的風車〉這個短篇。主角是女編輯，是以新人獎投稿作品爲主的謎團。

北村 打電話給首獎得主，卻得到「我沒有投稿」的回覆。主角把這個謎團告訴住在中野老家的父親，謎團迎刃而解。這是獨立的故事，但我打算發展成「中野老爸」系列。第二集的短篇預定刊登在《ＡＬＬ讀物》五月號上。米澤老師什麼時候會再寫「日常之謎」？

米澤 我預定在雜誌《小說　野性時代》的十一月號刊登「古籍研究社」系列的短篇。「中野老爸」這個系列名稱已決定了嗎？（笑）我非常期待。

註一：日文中，「去」（行ってもいい）和「可以說」（言ってもいい）的說法相同。

註二：日文中，「僕」（boku）和「俺」（ore）皆為男性專用的第一人稱代名詞。「僕」較為謙恭平等，「俺」較為上對下。

喜愛的日常之謎作品　米澤穗信推薦

傑拉德・凱許〈飲酒的弊害〉

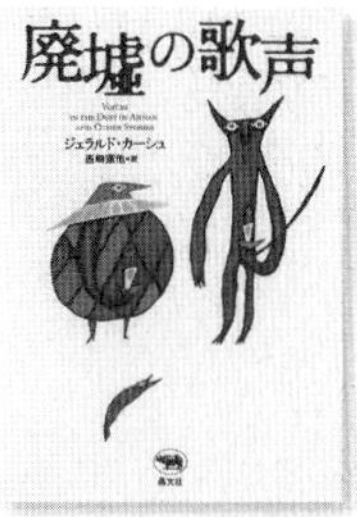

收錄於《廢墟的歌聲》（*Voices in the Dust of Annan and Other Stories*，晶文社，西崎憲、好野理恵等譯）。哥哥愈是不注重健康，弟弟的身體狀況就每況愈下。精神科醫師阿爾穆納所說的奇妙病例的驚人真相為何……？異色作家的奇想短篇集中的一篇。

市井豐〈機關齊斯卡的大限〉

收錄於《聆聽者的藝術學系慶典》（創元推理文庫）。善於聆聽的大學生柏木，被戲劇社的女主角逼著解開未完的劇本結局。T大文藝社團成員大展身手的推理喜劇系列。

初野晴〈魔術方塊的祕密〉

收錄於《退出遊戲》（角川文庫／獨步文化）。弱小管樂社的春太和千夏在拉人入社時，對方提出解開弟弟遺留的謎團的請求。那是一個六面全白的魔術方塊。校園青春推理系列。

對談 恩田陸

想寫出這樣的推理小說！

對推理小說深懷敬意的兩人，對談的熱烈程度超乎預期……
不斷提到各種作品，再次確認「推理小說真是太棒了！」

文／大森望　攝影／伊東武志

恩田陸（Onda Riku）

1964年出生於宮城縣。92年以《第六個小夜子》出道文壇。2005年以《夜間遠足》獲第26屆吉川英治文學新人獎、第2屆書店大獎，06年以《尤金尼亞之謎》獎第59屆日本推理作家協會獎、07年以《中庭殺人事件》獲第20屆山本周五郎獎、17年以《蜜蜂與遠雷》獲第156屆直木獎。

①《毒巧克力命案》安東尼．柏克萊

推理社團「犯罪圈」的六名成員，針對同一起命案，提出六種推理及破解方式。運用本格推理文學手法的古典名作。創元推理文庫。

②《象與耳鳴》恩田陸

《第六個小夜子》中登場的關根秋的父親，前刑警多佳雄擔綱主角的解謎短篇集。收錄〈等候室的冒險〉（待合室の冒険）、〈魚雁往返〉（往復書簡）。祥傳社文庫。

恩田　米澤老師的作品，我趁著《愚者的片尾》在Sneaker文庫推出時，和《冰菓》一起讀了。以青春推理作品來說十分有趣，但感覺作者是個非常標準的推理本格作家。《愚者的片尾》是採取（安東尼·柏克萊的）**《毒巧克力命案》**①的形式吧？

米澤　我一直很嚮往**多重解答**（註1）的推理作品。

恩田　我覺得內容密度相當高，塞了好多元素在裡面，非常棒。

米澤　謝謝。還有柯美曼的〈九英里的步行〉，形式相當固定……

恩田　很想挑戰看看。每個人都想挑戰〈九英里的步行〉（笑）。

米澤　就是啊，讓人不禁想拜讀恩田老師的**〈等候室的冒險〉**②。

恩田　西澤（保彥）老師也寫過。

米澤　**《啤酒之家的冒險》**③，對嗎？

恩田　讀了《尋狗事務所》和《夏季限定熱帶水果聖代事件》，我覺得很有西澤老師的味道。最後惡意大爆發的地方，我直覺聯想到西澤老師的**《依存》**④。惡意爆發的程度很像。

米澤　不過，跟西澤老師或恩田老師寫的那種密度驚人的惡意不一樣，對吧？就我的情況，感覺連人的惡意也納入推理的部分了。

恩田　可是，《夏季限定熱帶水果事件》不是不遑多讓嗎？

米澤　一開始就像過去一樣，是連續的短篇形式，原本我想處理成羅伊·維克斯（Roy Vickers）風格……

恩田　喔，《迷案部門事件簿》（*The Department of Dead Ends*）。

米澤　……**倒敘**（註2）手法，起初寫了吃夏洛特蛋糕的故事，接著布置成好似轉換成**死前留言**（註3），走古典推理致敬路線，卻加以翻轉，但如果不是從雜誌連載就開始讀，很難上當（笑）。

恩田　原來如此。您果然喜歡本格推理（笑）。

米澤　我在上一集讓登場人物極盡自滿之能事，卻沒有收拾，所以寫續篇的時候，得讓膨起來的氣球先消一下風。

恩田　那麼，《秋季限定糖漬栗子事件》呢？

米澤　我正在拚命趕工，但一直寫不完。我想寫像艾勒里·昆恩（Ellery Queen）的《九尾怪貓》（*Cat of Many Tails*）那般具有**失落的環節**（註4）的作品……

③**《啤酒之家的冒險》西澤保彥**
誤闖的別墅中，有一張床、九十六瓶啤酒和十三個啤酒杯。在微醺中進行推理的安樂椅推理作品。講談社文庫。

④**《依存》西澤保彥**
「她是我的生母。我有個被她殺死的雙胞胎哥哥。」以衝擊性的告白揭幕的充滿愛與欲望的犯罪劇。幻冬社文庫。

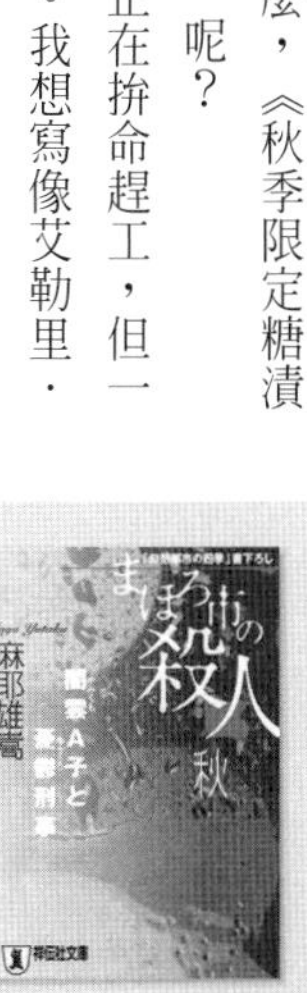

⑤**《真幌市命案　秋—闇雲A子與憂鬱刑警》麻耶雄嵩**
知名推理作家闇雲A子，挑戰害真幌市陷入恐懼深淵的殺人魔「真幌殺手」。祥傳社文庫。

恩田　失落的環節嗎？實在想挑戰看看（笑）。好想寫！

米澤　那眞的很難。

恩田　很難啊。

米澤　如果是本格推理作品，即使不是獨一無二，仍必須具有某種程度的概然性，提出能夠說明「就是這樣」的解答才行，但失落的環節類型很難走到這一步。

「我想寫具有失落的環節的作品。」（米澤）

「您的書名都很有意思。通常會先想標題嗎？」（恩田）

恩田　最近有什麼以失落的環節成功的作品嗎？

米澤　祥傳社文庫推出的麻耶雄嵩老師的**《眞幌市命案秋─闇雲A子與憂鬱刑警》**⑤相當有趣。

恩田　（看著《冰菓》、《愚者的片尾》）不過，米澤老師居然在這樣的篇幅裡塞進那麼多東西，我眞的十分佩服。起初寫推理小說，我也盡量不安排殺人情節，可是在**《尤金尼亞之謎》**⑥裡殺了一大堆以後，最近變得完全不在乎了（笑）。

米澤　《尤金尼亞之謎》確實死了很多人（笑）。Sneaker文庫版的《愚者的片尾》的封面折口上，印著作者的話「作者並不討厭有死人的劇情」。如果是讀而不是寫，死再多人都無所謂。

恩田　您的書名都很有意思。

⑥《尤金尼亞之謎》恩田陸

十七人慘遭毒殺的青澤家事件。被埋葬於城鎮記憶深處的大量殺人命案，隨著歲月流逝，藉由相關人士的不同視角再次被建構出來。角川文庫。

⑦《史蒂芬・金的故事販賣機3》〈晨間運送（牛奶工人─之一）〉(*Skeleton Crew*)（*Morning Deliveries [Milkman #1]*）史蒂芬・金

現代恐怖小說之王史蒂芬・金，妖異描繪獨特幻想世界的傑作短篇集《史蒂芬・金的故事販賣機》的完結篇。扶桑社Mystery文庫。

⑧《座敷女》望月峰太郎

巨女突然出現在某個男子面前，對他糾纏不休。不只是跟蹤，還有製造流言和復仇等各種形式的恐怖事件登場。KC DELUXE。

通常會先想作品的標題嗎？比如《算計》。

米澤　是的。英文書名（THE INCITEMILL）是編輯替我取的，但日文書名原本是「淫してみる」（★1）。我一直用「インシテミル（暫訂）」的書名傳稿子過去，不知不覺間，（暫訂）兩個字被拿掉，編輯說「就用這個書名吧」。這部作品本來是想向《大競走》致敬（笑）。

恩田　哦，理查德·巴克曼（Richard Bachman，史蒂芬·金的筆名）寫的。我也挺喜歡那部作品，眞的是名作。

米澤　沒錯。雖然想寫成那樣，卻未能如願。《大競走》裡的比賽眞的很荒謬。

恩田　一直不停地死人。

米澤　可是，還是呈現出逼人的迫切感，像是「原來我是兔子！」。最後，我沒能加入這些情節高潮，只帶入比賽本身的荒謬元素，頗爲遺憾。中學的時候，我常去的書店架上擺著《大競走》，可是我太害怕，不敢帶回家，站著讀完了整本書（笑）。

恩田　書店的人居然沒將您趕走。

米澤　那家書店很大方。我怕到不敢留在手邊的書，只有那一本。**《牛奶工人》**⑦我倒是無所謂，但白看書還是很不好意思，後來我有乖乖買回家。

恩田　我則是**《座敷女》**⑧（望月峰太郎的漫畫作品）。我實在不想把《座敷女》擺在家裡（笑），所以叫朋友買，然後去朋友家看。

換個話題，米澤老師的作品裡，不是滿常出現各種文本嗎？比如同人誌、手記之類。我一直希望您能寫傳奇作品。《繞遠路的雛偶》算是有點傳奇成分吧？就是讓角色經過櫻花樹下的情節。

米澤　我當然也喜歡傳奇作品，不過《繞遠路的雛偶》那段是受到卻斯特頓的短篇**〈法官的鏡子〉**⑨影響。我想遠遠地繞上一大圈，會是殊途同歸。

恩田　原來如此！

米澤　我本來想在《繞遠路的雛偶》裡放入幾次卻斯特頓式的悖論（paradox），但腦子不好的人，眞的寫不出悖論（笑）。

恩田　我也超級嚮往悖論！那麼，米澤老師喜歡泡坂（妻夫）老師吧？我也非常喜歡。像是「亞愛一郎等等系列」裡的**〈被挖掘的童話〉**⑩。

米澤　那篇作品有個很厲害的祕辛，對吧？編輯去找泡坂老師，詢問：「今天寫了多少？兩頁嗎？」老師回答：「什麼

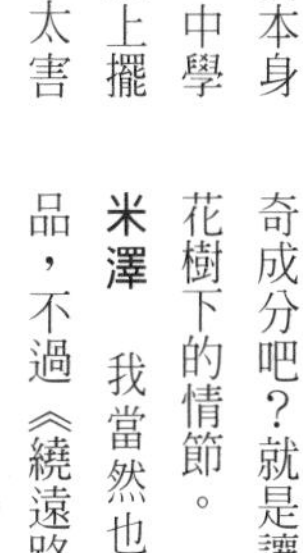

⑨《布朗神父的祕密》（*The Secret of Father Brown*）**G·K·卻斯特頓**
收錄描述幽默與恐懼的深處必然潛藏著動機的〈沃德里失蹤之謎〉（*The Vanishing of Vaudrey*）及〈法官的鏡子〉（*The Mirror of the Magistrate*）等十篇作品。創元推理文庫。

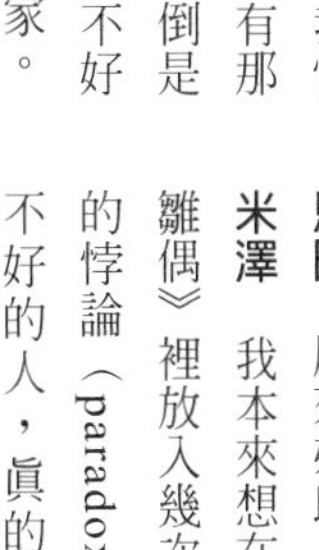

⑩《亞愛一郎的狼狽》泡坂妻夫
拍攝奇妙照片的攝影師亞愛一郎發揮神乎其技的推理能力，破解神祕案件。收錄〈被挖掘的童話〉。創元推理文庫。

⑪《失控的玩具》泡坂妻夫
女偵探和菜鳥助手挑戰隱藏在有「螺絲屋」之稱的馬割家庭院大迷宮裡的謎團。日本推理作家協會獎得獎作。創元推理文庫。

兩頁，是兩行。」（笑）。

恩田　好討厭的祕辛（笑）。

米澤　〈被挖掘的童話〉是暗號推理。我也很想寫暗號推理。

恩田　暗號、悖論、失落的環節，都想試試。

米澤　推理小說有非常多這樣的「形式」，或者說先人累積下來的結晶，在我的眼中，宛如一座寶山，沒有不善加運用的道理。這樣的想法應該不能說是淺薄。

恩田　本格推理小說就是一種傳統藝術嘛（笑），有「本歌取（★2）」的習俗。我個人認為對此吹毛求疵也沒意思。

米澤　可是，我還沒挑戰過最大的劇目，也就是**密室**（註5）殺人（笑）。

恩田　對啊，密室也想挑戰看看。

米澤　如果正經八百地寫密室殺人，很有可能被歸為**荒謬推理**（註6）。

恩田　確實如此，可是又沒有辦法（笑）。所以，問題會變成：為什麼非得是密室不可？

米澤　沒錯，就是這樣。

恩田　泡坂老師的長篇作品，您喜歡哪一部？

米澤　我喜歡《妖女永眠》（妖女のねむり）。

恩田　我還是喜歡**《失控的玩具》**⑪。這部作品不是有種奇妙的明朗氛圍嗎？

米澤　主角挺身而出的動機也很不錯。女主角的中年偵探，以前當女警時有一個老人塞錢給她，她認為只要找到那個老人，就能證明自己沒有收賄。

恩田　是嗎？（笑）細節我幾乎都忘光了，但故事從有人被隕石砸死開始，這一點我印象超級深刻，充滿泡坂老師那種把人放在掌心裡耍弄的風格。

米澤　對，我非常嚮往泡坂老師那種輕妙灑脫。連城（三紀彥）老師優美濃郁的文風，我也相當喜歡。

恩田　您喜歡連城老師的哪部作品？

米澤　雖然很正統，但我喜歡**《返回川殉情》**⑫。不過，最喜歡的是「花葬」系列的《夕萩殉情》裡收錄的作品。

恩田　即使現在讀來，還是非常驚人，水準超高。最近老師又回到推理類型來了。

米澤　是指**《人間動物園》**⑬那些作品？

恩田　對對對。我覺得老師依舊厲害。那是綁架推理……我也想嘗試綁架推理。還有，幻冬舍文庫的**《過去的明天》**⑭。這是兩個女人一直書信往來的長篇小說，讓我好驚奇。我也想寫一次書信體的長篇推理。

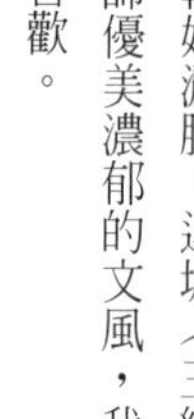

⑫《返回川殉情》連城三紀彥
天才歌人苑田岳葉在兩次的殉情未遂事件中，將兩名女子逼上了絕路。岳葉真正愛的人是誰？獲得日本推理作家協會獎的名作。光文社文庫。

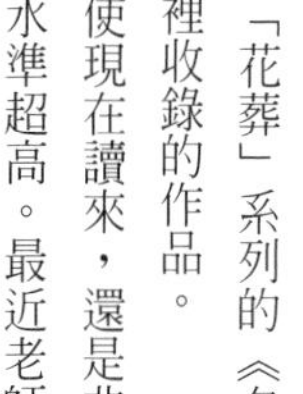

⑬《人間動物園》連城三紀彥
破紀錄的大雪癱瘓了都市機能，這時某重量級政治人物的孫女遭到綁架，翻轉再翻轉的綁架劇將如何發展？雙葉文庫。

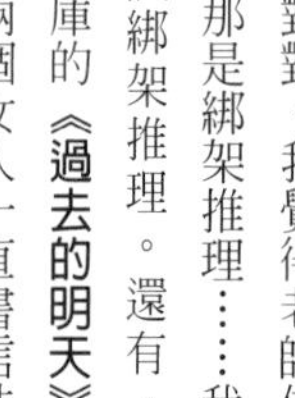

⑭《過去的明天》連城三紀彥
東京和瑞士兩地的魚雁往返交織而出的羅曼藝術。透過兩名女子的信件，懸疑地描繪出一部愛恨情仇大戲。幻冬社文庫。

「推理小說有『形式』，在我的眼中，宛如一座寶山。」（米澤）

「本格推理小說是一種傳統藝術。有『本歌取』的習俗。」（恩田）

米澤　提到短篇，恩田老師寫過〈魚雁往返〉②吧？連城老師不管是短篇或長篇，都有書信體的傑作。即將退休的警察，寫信給過去照顧自己的前輩警察，冗長地寫著「謝謝學長的照顧，我到現在依然忘不了那起綁架案」之類的內容（**〈來自往昔的聲音〉**⑮）。

恩田　米澤老師的情況，比起想向特定作品致敬，更接近「這次想寫**封閉空間**（註7）」、「想寫失落的環節」，依循定下的主題開始動筆嗎？

米澤　滿多時候是聯想到特定的作品。《繞遠路的雛偶》有一篇是角色被關進儲物間

⑮**《鼠之夜》連城三紀彥**
收錄描寫為妻子復仇而接連犯下殺人罪行的男子執念的標題作，以及〈來自往昔的聲音〉（過去からの声）等九篇作品。寶島社文庫。

⑯**《世界短篇傑作集1》**
收錄福翠爾的名作〈逃出十三號牢房〉、契訶夫（Anton Chekhov）的〈安全火柴〉（*Safety matches*）等七篇短篇。創元推理文庫。

⑰**《災難之城》**（*Calamity Town*）
艾勒里．昆恩
以虛構小鎮萊維爾鎮為舞台的系列第一集。同系列還有《凶手是狐》（*The Murderer is a Fox*）、《十日驚奇》（*Ten Days' Wonder*）等。早川Mystery文庫。

的故事，本來是想致敬福翠爾的〈**逃出十三號牢房**〉⑯（笑）。

恩田 太古典了（笑），一般人不會發現吧。不過，說的也是，很多時候就算作者自認是在向某某致敬，別人也會覺得「哪裡是了？」（笑）。

「反過來說，
絕對不可能致敬的是波赫士。」（米澤）

「我個人很想致敬昆恩的
『萊維爾鎮』系列。」（恩田）

米澤 真的，往往寫著寫著，就不曉得偏離到哪裡去了。但我想新的小說，就是在這樣的偏離過程中完成的。

恩田 有沒有什麼下次想挑戰的既存作品？

米澤 說出來好像會掐住自己的脖子……（笑）反過來說，絕對不可能致敬的是波赫士（Jorge Luis Borges）。《沙之書》（*El libro de arena*）裡有個短篇〈阿韋利諾·阿雷東多〉（*Avelino Arredondo*），寫到一名男子關在自家庭院的小屋裡，不肯見任何人，也不知道他爲什麼要這麼做，意外地很本格推理。

恩田 確實如此。這是**作案動機**（註8）問題。

米澤 也具有**最後一擊**（註9）的要素。我覺得波赫士還有許多作品可當成推理小說閱讀。

恩田 我個人很想致敬昆恩的

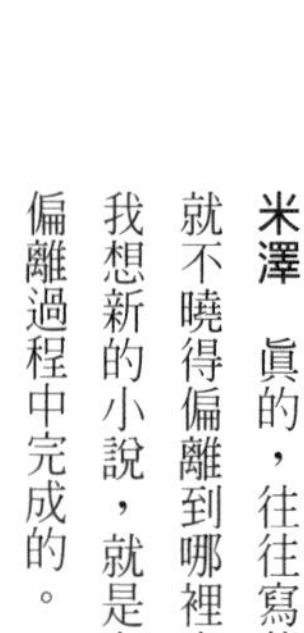

⑱ **《獄門島》橫溝正史**
瀨戶內海的獄門島上，發生了惡夢般的連續殺人事件。託付給偵探金田一耕助的遺言，掀起怎樣的驚濤駭浪？角川文庫。

註1 **【多重解答】** 對於一起事件，在作品中提出多種解答的本格推理類型。

註2 **【倒敘】** 從一開始就知道犯人是誰，賣點是偵探如何破解欲達成完美犯罪的犯人手法（已揭示給讀者知道）。代表性的範例為「神探可倫坡」（Columbo）系列。

註3 **【死前留言】**（Dying Message）被害者在死前留下的文字等訊息（包括指出凶手的訊息）。據說為艾勒里·昆恩所開創。

註4 **【失落的環節】**（Missing Link）犯罪不斷上演，卻找不出被害者之間的共通點。找出這「失落的環節」即是破案關鍵。據說阿嘉莎·克莉絲蒂的《ABC謀殺案》（*The A.B.C. Murders*）是其元祖。

註5 **【密室】**（應該）無人能夠進出的房間，或指稱這種狀況的比喻。在本格推理小說中，

「萊維爾鎮」系列⑰。

米澤 意思是，打造一個自己的萊維爾鎮嗎？

恩田 這也是原因之一，而且那個系列有種異樣的氛圍，彷彿無從解決，充滿閉塞感，是非常討厭的感覺。我想寫出那種氛圍。

米澤 完全沒有那種「只要有昆恩在就沒問題」的安心感。

恩田 對對對。那種非常不安的感覺、有點精神官能症的氛圍，我很想寫寫看。

米澤 那麼，卡爾（John Dickson Carr）的《燃燒的法廷》（*The Burning Court*）應該十分適合恩田老師。我這種類型的作家恐怕沒辦法。

恩田 哪裡，怎麼會（笑）。這樣一提，我還是希望米澤老師寫橫溝正史的**《獄門島》**⑱那類的作品。

米澤 提起《獄門島》，就會想到**比擬殺人**（註10）。

恩田 對啊，也得寫比擬殺人才行！

米澤 比擬殺人也要嗎？（笑）

恩田 還有好多非寫不可的推理小說形式。雖然自己寫不寫得出來是另一個問題啦。

米澤 讀一本書的時候，雖然眼前只有這一本，卻感覺到背後和許多既有作品連繫在一起，這樣的感覺十分愉快。

恩田 所以，結論是「大家要多讀古典推理」嗎？（笑）也不是叫大家多用功，不過具備更多古典知識，樂趣確實會加倍。

米澤 是的，謝謝恩田老師。

★1：音同原書名「インシテミル」（INCITEMILL），有「試著耽淫其中」之意。

★2：本歌取（本歌取り）是日本和歌的一種手法，將知名古歌的一、兩句放入自己的歌作中，加以演繹創作。

是最基本、也最博大精深的詭計。約翰．狄克森．卡爾，被譽為「密室之王」，《三口棺材》（*The Three Coffins*）中亦上了一堂密室課。

註6 **【荒誕推理】**（バカミス）發展意外（或破天荒）到讓讀者忍不住大喊「這太荒誕了！」的推理小說暱稱。日本有選拔年度國內外荒誕推理小說的獎項「荒誕推理大獎」（バカミス大賞）。

註7 **【封閉空間】**（Closed Circle）指完全與外界隔絕的封閉空間，譬如暴風雨中的孤島或山莊、大雪封閉的山莊等等。在本格推理作品中，是不可或缺的舞台裝置之一。

註8 **【作案動機】**（Whydunit＝Why done it）焦點放在凶手犯罪動機的本格推理。「Whodunit＝Who done it」意指「凶手是誰？」，「Howdunit＝How done it」則是「犯罪手法為何？」。

註9 **【最後一擊】**（Finishing Stroke）指凶手、動機或犯罪手法等真相，在最後一頁，理想上是在最後一行揭曉。艾勒里．昆恩的《法蘭西白粉的祕密》（*The French Powder Mystery*）、《X的悲劇》（*Tragedy of X*）等為知名代表作。

註10 **【比擬殺人】**（見立て）依照知名歌曲或故事的內容進行殺人。

「古籍研究社」的世界

對你來說，「古籍研究社」是什麼？
誠摯的推理小說？頂級的青春小說？
等待腦海浮現各自的答案時，先在這裡復習一下。
從作者本人親自上陣的「古籍研究社」全作品解說，到各種隱藏彩蛋，
歡迎循著路標發現「古籍研究社」全新的一面。

主要登場人物資料

折木奉太郎（Oreki Hotaro）

●**簡歷**：鏑矢中學畢業。二〇〇〇年四月進入神山高中就讀。在姊姊供惠的建議下，加入即將廢社的古籍研究社。成績中等，三百五十名學生當中的一百七十五名（一年級的期中考成績）。文組。

●**個性**：節能主義。個人信條是「沒必要的事不做，必要的事盡快做」。

●**口頭禪**：經常在心裡嘀咕：「這樣喔？」

●**興趣**：（雖然沒有自覺）閱讀。經常在社辦讀文庫本。喜歡喝淺焙咖啡。

福部里志（Fukube Satoshi）

●**簡歷**：鏑矢中學畢業。加入古籍研究社和手工藝社，以及總務委員會。

●**外表**：身高低矮，遠遠看上去就像個女生。眼睛和嘴角總是帶著笑意，愛用束口袋。

●**個性**：喜歡廣泛而粗淺地凡事參一腳。個人信條是「即興才是說笑，會留下禍根就是說謊」。

●**口頭禪**：「資料庫是做不出結論的」。

●**興趣**：冒牌雅士（折木評論），興趣多變，喜歡騎腳踏車（愛騎越野腳踏車）、夏洛克．福爾摩斯和電玩機台。

千反田愛瑠（Chitanda Eru）

●**簡歷**：印地中學畢業。由於「個人因素」加入古籍研究社，成為社長。出身神山市四名門之一，亦是富農千反田家的獨生女。成績優秀，在全學年前五名以內。理組。

●**個性**：好奇心非常旺盛，有時會顧前不顧後。具備傑出的觀察力和記憶力，五感也十分敏銳。

●**口頭禪**：一雙大眼睛好奇地閃爍著，說：「我很好奇。」

●**興趣**：廚藝絕佳。有段時期迷上抹茶牛奶。

折木供惠（Oreki Tomoe）

●**簡歷**：奉太郎的姊姊。神山高中古籍研究社的畢業學姊，現在是大學生。為了讓即將廢社的古籍研究社存續下去，（半強制性地）建議奉太郎加入。

●**個性**：活動力旺盛。

●**興趣**：旅行。進入大學後，隨即踏上獨自橫斷歐亞大陸之旅，也有攀登兩千公尺高山的登山經驗。對合氣道和擒拿術有極深的造詣。

伊原摩耶花（Ibara Mayaka）

●**簡歷**：鏑矢中學畢業。和折木是中小學共九年的同班同學，升上神山高中以後，第一次不同班。參加漫畫研究社和圖書委員會。五月加入古籍研究社。

●**外表**：身材嬌小，娃娃臉，被誤認為小學生也不奇怪。

●**個性**：性情強悍，責任感也很強。

●**口頭禪**：沒有特別的口頭禪，但言詞鋒利。

●**興趣**：漫畫。非常認真投入，不僅自己創作，還投稿新人獎等。另外，頗喜歡閱讀海外推理小說。

「古籍研究社」系列作者親自全面解說

從出道作《冰菓》，到最新作《遲來的羽翼》，附上米澤老師的解說，進行完整的介紹。

《冰菓》

角川文庫／獨步文化

人生信條是「對任何事都不積極參與」的折木奉太郎，接受古籍研究社的同伴委託，逐一解開潛藏在日常生活中的不可思議謎團。

我認爲折木奉太郎曾有受他人的狂熱波及、吃過苦頭的經驗。由於我本身向來害怕抹殺一切異議的狂熱氛圍，才會塑造出這樣的主角吧。「古籍研究社」系列當初書寫的主題，就是「狂熱以及被其壓垮的人」，現在這個主題仍在各處若隱若現。《冰菓》的背景是過去日本發生的某起重大事件，我記得第一次拜訪角川書店時，幾乎每個人都問了相同的問題：「爲什麼要以那起事件爲主題？」

《愚者的片尾》

角川文庫／獨步文化

奉太郎被學姊找去，看了一部預定在文化祭播出的自製電影。在廢屋可怕的殺人場面突然結束的電影，其中隱藏著什麼真意？

這部小說是根據我的眞實體驗寫成。高三的文化祭，班上決定要拍攝錄影帶電影，我提議選擇懸疑推理題材，結果變成我寫劇本。這是我生平第一次寫劇本，截至目前也是最後一次。儘管無可厚非，但當時的我創作能力和技巧都很生澀，也無法好好地吸收別人給我的意見。雖然勉強完成，並得到不錯的評價，不過如果寫到一半棄筆逃亡會怎樣……？這就是本作的原點。

《庫特利亞芙卡的順序》

角川文庫／獨步文化

文化祭期間，發生奇妙的連續竊盜事件。失竊的物品包括圍棋棋子、塔羅牌、水槍。在想要讓古籍研究社一躍成名的同伴推波助瀾下，奉太郎挺身挑戰這個謎團。

回顧一看，這本就像是文化祭三部作的最後一集。我一面挑戰模組（modular）寫法，並且不同於前兩集，加入了折木以外的視點。雖然對群眾狂熱保持警戒，但我並不討厭祭典，於是成了頗爲熱鬧滾滾的內容。我以「熱情」與「失之交臂」爲主題，寫下古籍研究社的成員各自面對的事件。只是，折木不會四處走動，所以他純粹是在解謎而已。時間表上折木的那一欄，一直是「在社辦」。

《繞遠路的雛偶》

角川文庫／獨步文化

奇妙的校內廣播有何意義？摩耶花送給里志的情人節巧克力流落何方？還有，舉辦「真人雛偶祭」發生的危機等等，描寫遭遇各種謎團的奉太郎高中生活第一年的短篇集。

形同系列轉捩點的短篇集。在文化祭結束後，我開始慢慢地書寫「外界」。這也意味著，書寫古籍研究社的他們將會成長爲怎樣的人。在雜誌上連載時，我刻意打亂時序來寫，等到結集成冊，再依原本的時序重新排列，形成描寫一年光陰的連作短篇集，並且讓故事從開頭的「只屬於校園內的謎團」逐漸移轉到最後的「全發生在校外的謎團」，算是一點玩心。

《兩人距離的概算》

角川文庫／獨步文化

古籍研究社迎來新生大日向體驗入社，不料，大日向卻在正式入社前一刻表示要退出。在入社截止日前的馬拉松大賽中，奉太郎邊跑邊推理大日向變卦的真相。

> 我想寫身爲學長姊的他們。然後，我想創作一個有組織性（systematic）的故事，琢磨出只能對證人發問一次、藉由回想過去尋找適切的提問的結構。雖然故事是現在與回想交錯發展，但我認爲時序上算是比較整然有序的。因爲新社員加入，我得以創造出不同於過往的謎團形式。儘管大日向友子懷抱著一些問題，然而那是現在的折木無法干涉的事。

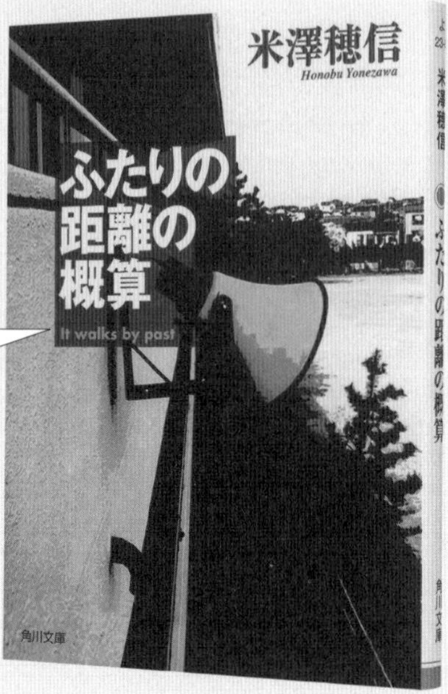

《遲來的羽翼》

KADOKAWA／獨步文化

奉太郎變成「節能主義」少年的契機為何？合唱比賽出場前，愛瑠跑去哪裡了？除了謎團以外，這本短篇集也揭開「古籍研究社」成員新的一面。

> 我很早就構想著，要將主題聚焦在「過去」和「未來」。我思考古籍研究社的成員各自受怎樣的過去束縛、看著怎樣的未來、必須面對的問題是什麼，同時留意作爲推理小說的結構不能流於俗套，相當辛苦，卻樂趣橫生。手法、暗號、動機等等，我書寫各種推理形式，也希望稍微寫出了他們的人生願景。

更深層的
「古籍研究社」隱藏彩蛋大公開！

**米澤老師似乎喜歡在作品當中安插一點小「惡作劇」。
除了首次公開隱藏彩蛋的兩部作品外，還有系列最新作的彩蛋，
從讓人恍然大悟「咦～」「原來如此！」，到「這樣喔」的各種彩蛋，
附上米澤老師的解說，徹底網羅。**

《冰菓》、《愚者的片尾》、《繞遠路的雛偶》……刊登於《小說　野性時代》2008年7月號
《兩人距離的概算》、《遲來的羽翼》……初次公開

冰菓

【進位四名門】（P30）
指荒楠神社十文字家、書店世家百日紅家、富農家族千反田家、山林地主萬人橋家，命名的原由是「我想到自行車競賽的十文字選手的名字，千反田的『千』和十文字的『十』……既然如此，那就『十』、『百』、『千』、『萬』好了……對不起」。

【大出尚人同學】（P61）
《神山高中五十年的軌跡》的紀錄當中，於昭和四十七年（一九七二）二月二日因事故過世的學生，而古籍研究社的顧問老師也姓「大出」……熟悉推理作品的讀者，或許會懷疑是個伏筆，可能是復仇的動機，其實是丟給這類推理愛好家的「紅鯡魚」（red herring＝轉移焦點、誘導），兩者並無關係。

【鳳梨三明治】（P78）
奉太郎喜歡的咖啡店店名。店名來自日本三人樂團「Blankey Jet City」的曲名。我喜歡這個樂團。這首歌收錄在專輯《羅密歐的心臟》（ロメオの心臓）。

【「寺」、「廟」、「numbers」】（P204）
古籍研究社的社刊《冰菓》中，伊原寫的關於「某部漫畫古典名作」的描述。「這是竹宮惠子的《奔向地球》（地球へ…）。」「繆」是擁有某種超能力的新人類。「折木沒看過《奔向地球》，所以記錯了。不是『廟』而是『繆』，不是『numbers』而是執行機關『Members Elite』。」附帶一提，《奔向地球》也出現在《庫特利亞芙卡的順序》的P293。

愚者的片尾

【Why didn't she ask EBA?】（日文版封面）
米澤老師親自取的英文書

名。來自阿嘉莎・克莉絲蒂的《爲什麼不找伊文斯?》（*Why Didn't They Ask Evans?*）。「角色之一『江波（eba）倉子』這個名字，也是來自這部作品。」

【十戒、九命題、二十法則】（P52）二年F班的本鄉眞由，爲了完成班級電影的劇本而學習的推理小說鐵則。「十戒」是隆納德・諾克斯（Ronald A. Knox）、「九命題」是雷蒙・錢德勒（Raymond Thornton Chandler）、「二十法則」則是范・達因（S. S. Van Dine）提出，爲了確保推理小說的劇情公平性而提倡的原則。

「要全部解釋……篇幅不太夠。而且在現代的推理小說中，也沒必要過度去意識這些原則了。」

【音樂】（P72、P101、P133）各音樂社團爲了文化祭而進行練習，銅管樂社演奏的是「魯邦三世（的主題曲）」、傳統音樂社是「水戶黃門（的主題曲）」、輕音樂社演奏的是〈The March of Black Queen〉。第三首是搖滾史上赫赫有名的名曲（收錄於專輯《Queen II》。但居然認得出一九七四年發售的第三首曲子，看來奉太郎其實是個相當厲害的搖滾迷？

【黃色封面的文庫本】（P98）奉太郎聲稱讀過幾本的書系。「這當然是指創元推理文庫★1！」

【中村青】（P105）二年F班拍攝班級電影的地點，該劇場的設計師姓名，但「青」以下的文字無法辨識……「雖然很想說這名字是來自綾辻行人老師的『館系列』的中村青司，但中村青司不太可能設計公共建築，所以應該是叫『中村青之助、青太郎』之類的某人吧（笑）。」

【福爾摩斯辦案記】（P107）本鄉眞由爲了撰寫劇本而參考的文庫本，另外也提到《福爾摩斯檔案簿》。「這是新潮社版。爲了調整短篇集的頁數，新潮社刪除幾篇作品，並把刪除的作品集結爲《福爾摩斯的睿智》（シャーロック・ホームズの叡智）。因此本鄉列出的作品清單，和原書有些不同。」

【威士忌酒糖】（P128）千反田帶來和古籍研究社成員分享的零食。千反田吃了七顆，奉太郎吃了兩顆。「這是安東尼・柏克萊的《毒巧克力命案》開頭吃掉的巧克力數目。斃命的被害人吃了七顆，倖存的主角吃了兩顆。吃了七顆的千反田醉倒了。這是沒有半個人看出來的彩蛋（笑）。」

【汝當拜此手冊如拜吾前】（P175）里志的台詞。「來自《古事記》中的『當如拜吾前，尊崇而祭之』。是天照大御神將三種神器當中的八咫鏡賜給天孫降臨的瓊瓊杵尊★2時的神敕。」里志眞是太博學了！

庫特利亞芙卡的順序

【青之禮讚】（P12）美術社在文化祭展示的作品名稱。「來自泡坂妻夫老師的短篇〈紅之禮讚〉（赤の賛歌，收錄於《亞愛一郎的逃亡》）。」

【去年星雲獎媒體部門得獎作】（P14）文化祭的SF研究社的展出內容。「這裡的『去年』相當於一九九九年。其實這是指《機動戰艦—The prince of darkness-》（機動戰艦ナデシコ—The prince of darkness-），是角川的電影。雖然巴結了一下出版社，但還是沒有寫出作品名稱（笑）。」

【野火料理大對決】（P15）御料理研究社主辦的活動名稱。「名稱來自麥可・克萊頓（John Michael Crichton）的《天外病菌》（*The Andromeda Strain*）裡的執行機關作戰名稱。我想應該是從天文社的料理聯想而來。」

【角色扮演】（P34、P57、P111、P256）伊原等漫畫研究社成員（的一部分）為了攬客而進行角色扮演。伊原扮的都是漫畫角色，第一天是萩尾望都的《第十一人》（11人いる!）的弗羅爾（フロル），第二天是藤子・F・不二雄《超能力魔美》（エスパー魔美）的佐倉魔美，第三天是手塚治虫《七色鸚哥》（七色いんこ）的千里萬里子。敵對的河內學姊扮的則都是電玩角色，第一天是《魔域幽靈》（ヴァンパイアハンター）的淚淚，第二天是《龍虎之拳》（龍虎の拳）的金，第三天是《快打旋風》（ストリートファイター）的春麗。「河內只有第二天扮金的時候沒花錢。我想應該是因為三天都要認真進行角色扮演，對高中生來說有難度。伊原很沒幹勁，所以三天都用簡單的角色打發了。」

【兩百本】（P42、P54）古籍研究社的社刊《冰菓》不小心印錯的冊數。因為發印的伊原不小心跟印刷廠人員講成自己要印的同人誌冊數了。「可是單人社團的同人誌印到兩百本，她是有多大手啦？（笑）我接到來自各方面的這種吐槽。」

【主兵器是AK，副兵器是葛洛克】（P123）園藝社用來滅火的水槍武器名稱。AK亦名卡拉什尼柯夫自動步槍，是前蘇聯軍隊的制式武器。葛洛克則是奧地利的自動手槍，也是美國FBI採用的手槍。兩者分別代表舊東方與西方，所以奉太郎才會說「沒節操」。「換言之，奉太郎是對槍械小有知識，但不到會強調『不是AK，要念〔阿卡〕（俄語讀音）才對』程度的槍械迷。附帶一提，在作者調查到的範圍內，（撰稿時）應該沒有AK款式的水槍。」

【法塔摩根納】（P142）御料理研究會的活動「野火料理大對決」的參賽隊伍名。「這是亞瑟王的姊姊的名字。《庫特利亞芙卡的順序》我是在圖書館寫的，轉換心情隨手翻看的書上有這個名字，就拿來用了。」

【紅葉與鹿】（P205）魔術社的魔術表演中使用的紙牌。「猜撲克牌太普通，所以我用了日式花牌。靈感來自泡坂妻夫老師的《11張撲克牌》，裡面的詭計，應該也可直接應用在這邊……」

【出恭中】（P244）原文「射雉」（雉をうつ），是如廁的隱語，登山客的行話。「〈連峰可否晴朗〉提到奉太郎有登山經驗。據說若是女性，就叫『摘花』（花を摘む）。」

【姿勢固定、眼睛焦點有些渙散的時候】（P272）奉太郎在思考（推理）時的模樣。千反田的觀察心得。「偵探在進入推理模式的時候，多半會有特定的動作，或是招牌台詞。我也想讓奉太郎試試看，但系列第二集以前都是奉太郎的第一人稱，沒辦法描寫。這次首度從外部視角描寫，所以做到了。雖然非常不起眼（笑）。」

【Missing ring】（P276）「『Missing ring』或『Missing link』，兩種意思都通，也都經常看到，我

也不知道哪個才是對的。」

繞遠路的雛偶

【女郎蜘蛛會】（P24）里志提到的存在於神山高中的祕密俱樂部。「靈感當然是來自京極夏彥老師的《絡新婦之理》★3和艾西莫夫（Isaac Asimov）的「黑鰥夫俱樂部」（Black Widowers）系列。」

【印地中學】（P31）千反田畢業的中學。奉太郎是鏑矢中學畢業。「鏑矢是箭的種類，印地則是投石★4。因爲先有了『鏑矢』，所以我用投擲武器來統一……沒有更多的意義了。」

【青山莊】（P86）伊原的親戚經營的有溫泉的民宿。「水戶黃門隱居的地方是『西山莊』……讀音碰巧一樣，我後來才發現。不小心取了個怪名字。」

【凶】（P176）奉太郎在元旦抽到的神籤結果。「我從來不曾抽到『凶』，一直以爲根本沒有這種籤，最近頭一次抽到，打擊滿大的。」

【開門快樂】（P214）諧音冷笑話★5。「刊登在雜誌上時，我覺得這實在太冷，便拿掉了，但出版單行本時，編輯說絕對應該放進去。所以就放進去了。」

【手作巧克力】（P217）「其實寫這個短篇前，我在舊書店找到巧克力廠商爲了紀念而出版的類似『巧克力辭典』的書，於是買了下來，從中想到這篇作品的點子。」

【奉太郎的作文能力】（P218）在系列第四集以前，奉太郎只在心中進行了兩次類似創作的行爲。一次是描述伊原模樣的兩句話。另一次是《庫特利亞芙卡的順序》裡，描述社刊《冰菓》賣剩的情況，共五句（P237）。奉太郎的寫作能力到底好不好？「形容詞過剩啊。」

【電玩】（P228）奉太郎和里志對戰的機器人戰鬥模擬街機。「原型電玩遊戲是『電腦戰機VIRTUAL-ON Oratorio Tangram』，是書中設定年代（二〇〇〇年）當紅的街機遊戲。里志操縱的機器人是『Cipher』，奉太郎則是『Raiden』。」

【一筒摸月】（P234）里志想湊到的麻將牌型，好像是大滿貫……「這是現今已沒在用的舊牌型了。其他似乎還有二索槍槓、五筒開花等滿貫牌型。」附帶一提，一筒摸月是用一筒讓海底撈月（在該局最後一次摸牌自摸胡牌）成立。

【諜報員（日文為「工作員」）】（P249）指工藝社社員（日文爲「工作部員」）。奉太郎一直堅持要說成「諜報員」。「很幼稚的遊戲啦。」

兩人距離的概算

【星之谷盃】（P10）每年五月底舉辦的神山高中長距離競走大賽。「作品中是跑二十公里，但我以前讀的高中，記得是跑十五公里。因爲是交通量少的山區，比起距離，高低差更難熬。」

【稱霸天下】（P35）在招攬新生的社團簡介活動中，里志宣傳古籍研究社的開場白。「是來自落語的段子〈紀州〉。」

【生日】（P82）奉太郎的生日。「在成長快速的小學低年級時期，四月出生應該是相當大的優勢吧★6。我猜奉太郎的體育成績應該很好。」

【**薩摩脆片**】（P120）大日向請家人從鹿兒島寄來的地瓜脆片。「大日向說『學長學姊都吃了我帶來的點心嘍，那麼我有件事想請各位幫個忙』，其實這典出《三國演義》的神卜管輅。有個被管輅說命不久矣的青年聽從他的指點，請沉迷於對奕的老人吃肉喝酒。老人們不小心嘗了酒肉，其實他們是司掌壽命的南北斗神，青年便懇求他們爲自己延壽。」

【**《深層》**】（P135）週刊雜誌。「後來伊原投稿的漫畫雜誌的前身是《辛索漫畫月刊》，應該是同一家出版社。此外，好像還有新聞雜誌《月刊深層》。」

【**俄羅斯語**】（P208）奉太郎和大日向的對話。「突然冒出俄羅斯語，其實我是想到克林．伊斯威特（Clint Eastwood）主演的電影《火狐狸》（*Firefox*）。現在自己重讀，覺得狀況相差太遠了……」

遲來的羽翼

【**炒麵**】（P9）奉太郎某天的晚餐。「奉太郎拌開了麵條，但如果用這種烹調法，其實沒必要一開始就把麵拌開。」

【**拉麵**】（P33）夜裡走在路上的奉太郎和里志不小心走進去的拉麵店。「看起來就是普通的拉麵，卻不知道爲什麼燙得要命，這是以前新宿小瀧橋大道上某家拉麵店的特色。我第一次吃的時候嚇一大跳。」

【**雷**】（P116）鏑矢中學英文教師小木的傳說，「他活到現在，被雷劈過三次」。「我身邊真的有人被雷劈過三次。」

【**拉辛漫畫月刊**】（P133）伊原熱愛閱讀的漫畫雜誌。「從作品中的描述來看，我覺得接近漫畫雜誌《ハルタ》（Harta）。」

【**台詞表**】（P155）伊原畫漫畫時，都會從台詞寫起。「漫畫版《冰菓》的漫畫家タスクオーナ表示，先想台詞的做法並不罕見，聽說這種台詞表也稱爲『文字分鏡』。」

【**春閻魔**】（P207）漫畫投稿者。「來自拙作《折斷的龍骨》中的角色哈爾．愛瑪★7。」

【**這狀況的神話**】（P323）奉太郎和千反田在某個狀況下對話時，忽然想到狀況類似。「其實不是民間故事，而是天照大神躲進天戶岩的神話。★8」

★1創元推理文庫的書背統一都是黃色。

★2亦名瀰瀰芸命。

★3「女郎蜘蛛」和「絡新婦」在日文中是同音同義詞。

★4「印地」為日本古代的投石遊戲。

★5日文的新年快樂為「あけましておめでとう」，本章標題及最後一句的「開門快樂」則為「あきましておめでとう」，只差了一個音。

★6日本學制是四月開學，四月滿六歲的兒童即可入小學就讀，因此四月出生的兒童會是同學中年紀最大的。

★7「春閻魔」的發音為Haru Enma，哈爾．愛瑪則為Haaru Enma。

★8作品原文中，此處使用的是「昔話」（民間故事）。

對米澤穗信的30個提問 讀者篇

▼問題1

「古籍研究社」系列當中，米澤老師最喜歡的「謎團」是什麼？我個人覺得〈心裡有數的人〉裡，校內廣播背後的眞意最富魅力。

（wakkun）

▲回答

我對每一個謎團都有著不同的感情，所以不會覺得這個特別好、其他不怎麼樣，但我覺得《兩人距離的概算》中的〈入社申請在這兒〉和〈貴店感覺非常好〉算是寫出了滿有意思的過程和結局。

▼問題2

說來丟臉，我經常在工作的時候分心想別的事，搞得自己焦急不已。無中生有地創造出小說世界，並投入其中進行寫作的米澤老師，一定有著驚人的專注力。請問老師如何持續專注在眼前的工作上？

（たいぼう）

▲回答

我並不是平常就那麼專注。如果小說進入佳境，有時候一天能寫八十頁、一百頁，但相當罕見。重頭戲以外的部分，只能反覆摸索，邊磨邊寫。

遇到非強制專心不可的情況時，聽說有個叫「截稿日」的特效藥非常管用。

▼問題3

我個人的理論是，男作家筆下的女主角，就是那名作家理想的女性形象。千反田是老師理想中的女性嗎？如果不是，「古籍研究社」系列裡，老師最喜歡哪一型的女生？

（アンコ）

▲回答

不好意思，就我的情況，小說中的女主角完全沒有反映出我的喜好或理想。然後「古籍研究社」系列裡的女性角色，即使是我剛開始寫這系列的時候，對我來說年紀也都太小了，無從談論喜不喜歡。

▼問題4

「古籍研究社」系列是講述解決日常之謎的故事，米澤老師在日常生活中遭遇謎團，會像千反田那般興致勃勃地解謎嗎？還是，跟奉太郎一樣奉行節能主義？

（Scent）

▲回答

我是會享受「會不會是那樣？」「也有可能是這樣」的推論，但不會去做最重要的求證工作，所以算是好奇心和節

《遲來的羽翼》出版時，在日本特設網頁上向讀者募集了對米澤老師的提問，居然收到超過四百個問題。米澤老師VS讀者，包括未公開的問答在內，共三十回合的熾烈應戰。

能折衷參半吧。

▼問題5

《愚者的片尾》有一章的標題是〈很有料〉（味でしょう，ajidesho），下一集《庫特利亞芙卡的順序》的後記提到，這是雙關「アジテーション（agitation）」，請問是什麼意思呢？

（カタカナ）

▲回答

這裡就不詳細解釋了，指的是《愚者的片尾》第五章，某個角色在煽動（agitate）某個角色。

▼問題6

我在「古籍研究社」系列裡，發現了形形色色的「青春」。我的問題是，在描寫「青春」時，其中包含老師的親身體驗嗎？

（蜜柑）

▲回答

我加入了學生時代的經驗和體驗，像是「學生時代舉辦過學生會選舉」、「馬拉松大賽跑得有夠遠的」、「國中的畢業展我做了鏡框」，但當時的感受和想法，並沒有反映在小說當中。

▼問題7

作品的標題和英文書名，我幾乎是和小說內容一樣期待。《遲來的羽翼》的英文書名決定了嗎？

（こいちゃん）

▲回答

英文書名是在推出文庫版時作爲書封設計的一環而加上的。目前暫訂爲《Last seen bearing》。

▼問題8

我想請教身爲「Mysteries！新人獎」評審委員的米澤老師，在評選小說時，您重視哪些地方？

（とぅん）

▲回答

首先是有沒有扭曲。我會注意作品對於眞實人物或歷史是否缺少敬意，或輕侮、嘲笑讀者。如果只看小說成品，意外地容易忽略這些部分，但頒發新人獎，意味著公開讓得獎新人和過去的得獎者並列在一起，同時也揭示這個獎的調性，代表出版社認定這位作者值得推薦給世人，因此我會提防過於偏頗的觀點。

當然，如果小說非常優秀，有可能消除這樣的警戒，讓我即使明知危險，還是願意推薦。從頭到尾都很不對勁、缺乏社會性的問題作者，遲早會禍從口出，引起輿論撻伐，但若是具備壓倒性的文學力量，仍不得不予以肯定……爲這樣的小說折服，也是新人獎的醍醐味吧。以前在預審的時候，我就曾遇到這樣的小說。

▼問題9
奉太郎在最近的短篇裡經常下廚，他的拿手料理是什麼？
（m nico）

▲回答
應該沒有稱得上拿手料理的菜色。他應該不會花太多工夫做菜，只會炒炒食物而已吧。

▼問題10
請告訴我折木的名字是怎麼來的！
（うか）

▲回答
折木奉太郎的形象完成後，我一面在街上走著，一面想著要取什麼名字，結果在神社境內的看板上看到「供奉」兩個字。這讓我留下印象，於是就成爲「供惠」和「奉太郎」姊弟了。

▼問題11
「古籍研究社」系列中，米澤老師基本上是以折木的視角在寫故事，但比方說《庫特利亞芙卡的順序》，是以四名社員各別的視角來寫，然後折木是黑桃、里志是梅花、千反田是愛心、摩耶花是方塊，像這樣分配符號。我想應該是依角色的形象來分配的，請問米澤老師對於撲克牌的四種符號，各別有什麼印象？
（Wチーズバービー）

▲回答
黑桃就是王牌。一般是最強的花色，有時候只有黑桃A會畫上特別的圖案。梅花是從「棍棒」演變而來，雖然不鋒利，但有各種用途，感覺相當萬能。愛心會聯想到聖職人員，比起現實，更接近理想，比起妥協，更願意祈禱，是這樣的印象。

鑽石讓人想到社會。不管是痛苦、污穢，還是生命的喜悅，都存在其中。

▼問題12
在創作時，尤其是描述人物的心理狀態時，老師有什麼特別留意的地方嗎？
（ばげし）

▲回答
不要爲了小說的需要而過度玩弄角色。比方，即使遇到角色必須要有某些感覺，否則小說會無法成立的情況，如

果他/她應該不會產生那種感覺，就得在小說本身下工夫，設法迴避掉這個問題。我會盡量避免扭曲角色的心。

▼問題13
如果沒成為作家，老師覺得自己會從事哪一行？
（mtrgt）

▲回答
唔，劇作家或公務員吧。

▼問題14
奉太郎喜歡愛瑠嗎？應該喜歡吧？
（かーちゃん）

▲回答
這個嘛，你說呢……？

▼問題15
「古籍研究社」這個系列，我覺得不是推理小說中常見的福爾摩斯/華生形式，而是採取多偵探方式（《黑鰥夫俱樂部》或《毒巧克力命案》那種），老師有什麼意圖、或是講究之處嗎？
（ピクリン酸）

▲回答
因為折木不是能獨自面對謎團的名偵探。他的知識和直覺有極限，要獲得解答，需要別人（多半是古籍研究社的其他成員）的協助，最重要的是，他並不是基於職業上的動機在解謎，因此每一次都必須在與他者的關係當中找出「我為何要解謎」的動機。

▼問題16
我想知道米澤老師的書架排列等書本管理方法。老師自己的作品，會放在工作室裡嗎？
（仔羊）

▲回答
我會大略分為文庫版、新書版和精裝本三種，各別依日本十進分類法（粗略地）排列。我自己的作品會放在工作室……像現在這樣書寫關於自己作品的文章時，往往會需要參考。

▼問題17
文化祭有「全球行動社」這個社團，主要是做些什麼？
（ムーみん）

▲回答
應該是一群對國際問題感興趣的學生組成的社團。或許他們會募款，如果有海外姊妹校，可能也會舉辦交流活動。

▼問題18
我覺得「古籍研究社」省略了動機的要素，而把重點放在奉太郎為什麼要解謎上。這個系列的重心，或者說關鍵，不是事件發生的理由，而是解開事件之謎的理由，這樣想對嗎？
（べべJr）

▲回答
我自認對兩者都相當重視。「犯人為什麼要讓這個謎團成為謎團？」、「奉太郎為什麼非解開這個謎不可？」我認為具備這兩者，才稱得上一部豐富的推理小說。另一方面，我也寫過像

〈箱中的遺漏〉這種完全忽視動機的Howdunit，但說起來這是很少見的情況。身爲一名推理愛好者，無視動機的Howdunit十分吸引我，我覺得可以偶一爲之。

▼問題19

雖然小說的舞台在岐阜縣，但古籍研究社的成員以及其他角色說話都沒有地方腔。在米澤老師的想像中，角色都是用標準話交談嗎？或者，是把想像中用當地腔交談的內容改成標準話？

（折木的阿姨）

▲回答

首先，小說的舞台完全是虛構的「神山市」，並未明確點出位在岐阜縣，因此沒有理由使用岐阜方言。況且，學生時代，我身邊幾乎沒有朋友使用方言，所以用所謂的「標準話」來寫，我不覺得有任何不自然之處（雖然詞彙和重音會有些不同）。若要回答，在我的想像中，角色們是以標準話交談。

但有時候還是會不小心摻進一些東海地方的方言，像是「B紙」（B1尺寸紙張）、「放課」（放學）、「車校」（駕訓班）之類。

▼問題20

千反田說話總是彬彬有禮，她在家都怎麼稱呼鐵吾先生和家人呢？「爸爸」（お父さん），還是「父親大人」（お父さま）？

（あまえび）

▲回答

千反田雖然說話有禮貌，但不至於過度文謅謅，比方，基本上她平常不會把「說」替換成敬語的「稟告」。因此，我覺得稱呼「爸爸」應該就差不多了。

▼問題21

一部作品出版之前，總共會重讀幾遍呢？

（リィ）

▲回答

以《遲來的羽翼》爲例，完稿時會讀一次，視情況會增添修改後再讀一次，刊登在雜誌上的校樣作業會讀個一、兩次，出版單行本的校樣作業則會再讀個二至四次。

▼問題22

澤木口學姊以後還會出現嗎？

（神山高中猜謎研究社校友）

▲回答

她是考生，感覺很忙，但還是有機會登場。

▼問題23

從「古籍研究社」系列等米澤老師的著作，在在看得出老師腦中資料庫之廣博，爲了累積知識，除了閱讀以外，您有什麼特別的方法嗎？

（冒牌雅士84號）

▲回答

從事這一行，隨處都是知識淵博到可怕的同行，我實在不認爲自己有多博學，但還是可以聊聊自己的想法。

不管任何事情，親眼看到，就會有所發現。有段時期，一般都認爲「江戶時代沒有『士農工商』一詞」，但我曾在江戶東京博物館看到寫著「士農工商」四字的浮世繪，因此我可以瞭解到，江戶時代沒有的是「士農工商」這樣的身分制度，但這個詞彙本身是爲人所知的。

還有，「學而不思則罔」，不是發現什麼就照單全收，得透過書籍和資料更進一步求證，這才是最重要的。前面提及的「士農工商」浮世繪確實是在江戶時代印製，但「士農工商」一詞到底是從哪裡來的？像這些事情，依然只能從書本上求證。

▼問題24

米澤老師喜歡吃什麼？

（蛋包飯）

▲回答

以前被問到相同的問題時，我立刻回答「牛蒡和冬瓜」，不過這些不是料理，而是食材……

▼問題25

奉太郎在社刊《冰菓》中詳細寫出了關谷的眞名和高中時代的事嗎？還是用了假名，並加以潤飾？

（よしだあ）

▲回答

關谷純的本名紀載在公開的校內資料裡，刻意隱去並無意義。但考慮到千反田的感受，以及當時的相關人士（尤其是關谷純的同窗）可能會讀到，我想應該是用了假名，或是以首字母代稱。從書寫歷史角度來看，這樣的態度不夠徹底，但要求折木扛起如此沉重的責任和覺悟，未免太殘忍了吧。

▼問題26

如何想出「日常之謎」呢？

（發條鳥）

▲回答

雖然稱爲「日常之謎」，仍屬於推理類型的一種。我認爲最基本的是對推理作品的理解，或自身累積的推理經驗。是Whodunit、Howdunit、密室、暗號、倒敘，或是敘述性詭計……？還有一點，雖然十分理所當然，但就是在每一天的生活當中，高高豎起接收資訊的天線。先不論能否實際寫成小說，只要出門散步一小時，往往就能想到三、四個點子，非常奇妙。

▼問題27

每到冬季，奉太郎都會穿白色大衣。我覺得很少有高中生會穿白色大衣去學校，這樣的設定有什麼理由嗎？

▲回答

說是白色，是因爲折木的詞彙力有限，實際上應該是介於帶點黃色的米白色到淺駝色之間。這樣的顏色，晚上走路也不至於融入夜色，有助交通安全吧。我自己就是穿這種顏色的大衣，所以也讓折木穿一樣的，僅僅如此，並沒有特別的深謀遠慮。

（小雪）

▼問題28

「古籍研究社」系列，就是米澤老師理想中的青春時期嗎？

（ノーフォーク神楽）

▲回答

不是，高中時我想參加社團活動，打入全國大賽。

▼問題29

米澤老師寫小說時，會意識到要呈現出多少現實感嗎？會覺得自己是在寫虛構小說無所謂，還是認爲正因是小說，更應該追求符合現實？要是能承蒙老師回答，我會很開心。

（yukiゆう）

▲回答

若要追求符合現實，每天其實也沒發生什麼特別的事，或者，即使發生某些事件，自己也置身事外，這才是現實。如果僅僅想符合現實，只要注視現實就夠了，不勞閱讀小說。因此我並不追求符合現實，但爲了更好地描寫虛構世界，需要有現實感。在現實中，即使忽視現實感，也不會被指責「這設定太勉強了」、「太方便主義了」，眞教人羨慕。

▼問題30

老師會把「古籍研究社」寫到完結嗎？

（かちゃん）

▲回答

是的，我是這麼打算。

請讓我們

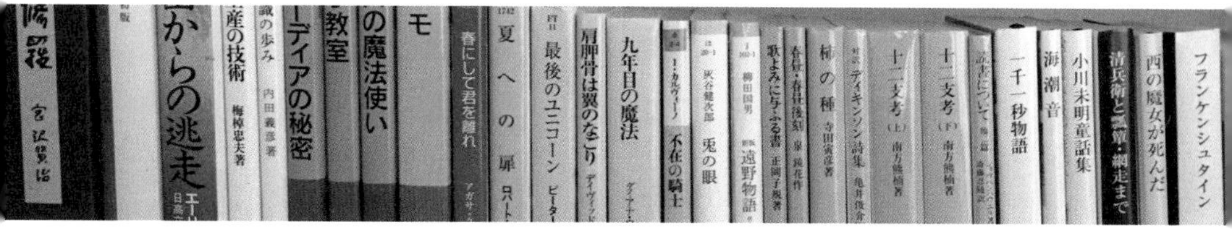

參觀你的書架！

古籍研究社四名成員的書架大公開

「從書架看得出你是怎樣的人！」因此，米澤老師為古籍研究社的四位成員折木、千反田、福部、伊原，挑選出書架上的部分藏書（三十冊）。或許能窺見他們意外的一面？當然，也可當成書籍閱讀指南！

※書籍資訊及封面，以選出的作品即爲書名、至二〇一七年爲止可以購得的作品（此指日文版）爲優先。

折木奉太郎的書架

Oreki's Bookshelf

五瓣之椿 山本周五郎 新潮文庫

產靈山祕錄 半村良 角川文庫

山田風太郎明治小說全集（11）拉斯普丁來了（ラスプーチンが来た） 山田風太郎 筑摩文庫

破獄 吉村昭 新潮文庫

〔現代社會科學叢書〕逃避自由 (*Escape from Freedom*) 埃里希・佛洛姆 (Erich Fromm) 東京創元社

七胴切（七胴落とし） 神林長平 早川文庫

無賴船 西村壽行 角川文庫

夏季的災難 篠田節子 角川文庫

八甲田山死亡彷徨 新田次郎 新潮文庫

祕太刀馬骨 藤澤周平 文春文庫

墮落論 坂口安吾 角川文庫

高堡 (*High Citadel*) 德斯蒙德・巴格萊 (Desmond Bagley) 早川文庫

國語入學考考題必勝法 清水義範 講談社文庫

風雲將棋谷 角田喜久雄 春陽文庫

天藤真推理小說全集9 大誘拐 天藤真 創元推理文庫

米澤老師解析

系列作中提到折木不太看推理作品，但他在社辦卻時常閱讀文庫本。他似乎常看小說，與其說是為了培養身為學生的人文素養，而挑戰大作或古典名作，其實只是挑選自己喜歡的作品閱讀。考量到手邊的零用錢，他的藏書多半是較廉價的文庫本，應該也有一些是姊姊看完送給他的。我想設定成和自身嗜好稍微不同的藏書，可是「稍微」的程度頗難拿捏。

- 男人與星期四（*The Man Who Was Thursday*） G・K・卻斯特頓 創元推理文庫

- 華氏451度〈新譯版〉（*Fahrenheit 451*） 雷・布萊伯利（Ray Bradbury） 早川文庫
- 世界就是這樣結束的（*On the Beach*） 內佛・舒特（Nevil Shute） 創元SF文庫
- 西線無戰事（*Im Westen nichts Neues*） 埃里希・瑪利亞・雷馬克（Erich Maria Remarque） 新潮文庫
- 人魚變生 山田章博 BIRZ COMICS SPECIAL

- Spirit of Wonder 鶴田謙二 KC DELUXE MORNING
- 別鬧了，費曼先生：科學頑童的故事（*SURELY YOU'RE JOKING, MR. FEYNMAN!: Adventures of a Curious Character*） 理查・費曼（Richard P. Feynman） 岩波現代文庫
- 不得了的傢伙（とんでもねえ野郎） 杉浦日向子 筑摩文庫
- 佛師 下村富美 小池書院
- 夜間飛行（*Vol de Nuit*） 安東尼・聖修伯里（Antoine de Saint-Exupéry） 新潮文庫

- 無門關 西村惠信・譯注 岩波文庫
- 皇家海軍尤利西斯號（*HMS Ulysses*） 阿利斯泰爾・斯圖爾特・麥克林（Alistair Stuart MacLean） 早川文庫

- 口袋裡放著名言（ポケットに名言を） 寺山修司 角川文庫
- 萩原朔太郎詩集 岩波文庫
- 交通死亡 二木雄策 岩波新書

千反田愛瑠的書架

Chitanda's Bookshelf

日英對譯　狄金生詩集─美國詩人選（3）
艾蜜莉・狄金生（Emily Dickinson）
岩波文庫

草葉集（*Leaves of Grass*）
華特・惠特曼（Walt Whitman）
美鈴書房

海潮音
上田敏　新潮文庫

春與修羅
宮澤賢治　日本圖書中心

天使雕像（*From the Mixed-up Files of Mrs. Basil E. Frankweiler*）
柯尼斯伯格（E. L. Konigsburg）
岩波少年文庫

史凱力：當天使墜落人間（*Skellig*）
大衛・艾蒙（David Almond）
創元推理文庫

姆米的冬季冒險（*Trollvinter*）
朵貝・楊笙（Tove Jansson）
講談社文庫

火與毒芹（*Fire and Hemlock*）
黛安娜・韋恩・瓊斯（Diana Wynne Jones）
創元推理文庫

飛行教室（*Das fliegende Klassenzimmer*）
埃里希・凱斯特納（Erich Kästner）
岩波少年文庫

默默（*Momo*）
麥克・安迪（Michael Ende）
岩波少年文庫

最後的獨角獸（*The last unicorn*）
彼得・畢格（Peter S. Beagle）
早川文庫

科學怪人（*Frankenstein, or The Modern Prometheus*）
瑪麗・雪萊（Mary Shelley）　新潮文庫

不存在的騎士（*IL Cavaliere Inesistente*）
伊塔羅・卡爾維諾（Italo Calvino）
白水U BOOKS

夏之門（*The Door into Summer*）
羅伯特・A・海萊因（Robert A. Heinlein）
早川文庫

幸福假面（*Absent in the Spring*）
阿嘉莎・克莉絲蒂　早川文庫

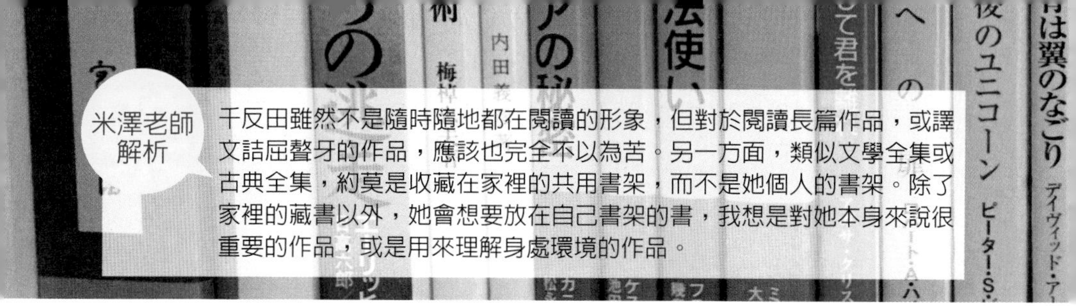

米澤老師解析

千反田雖然不是隨時隨地都在閱讀的形象，但對於閱讀長篇作品，或譯文詰屈聱牙的作品，應該也完全不以為苦。另一方面，類似文學全集或古典全集，約莫是收藏在家裡的共用書架，而不是她個人的書架。除了家裡的藏書以外，她會想要放在自己書架的書，我想是對她本身來說很重要的作品，或是用來理解身處環境的作品。

綠野仙蹤（*The Wonderful Wizard of Oz*） 法蘭克・鮑姆（Lyman Frank Baum） 岩波少年文庫

小川未明童話集 紅蠟燭與人魚 小川未明 新潮文庫

魔女的約定（西の魔女が死んだ） 梨木香步 新潮文庫

清兵衛與葫蘆・到網走 志賀直哉 新潮文庫

春晝・春晝後刻 泉鏡花 岩波文庫

兔之眼 灰谷健次郎 角川文庫

一千一秒物語 稻垣足穗 新潮文庫

新版 遠野物語—附・遠野物語拾遺 柳田國男 角川Sophia文庫

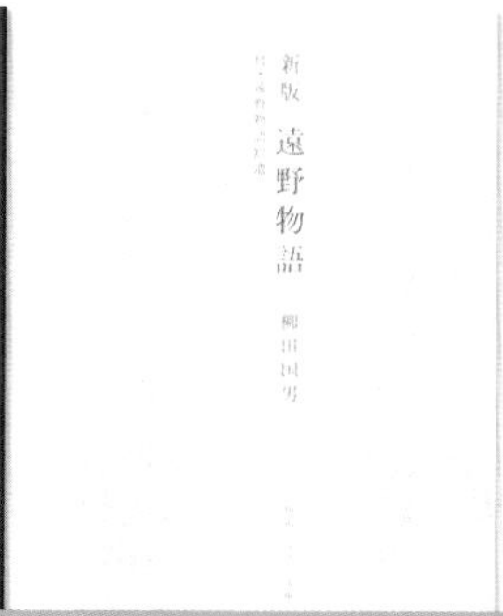

十二支考 南方熊楠 岩波文庫

寫與歌人之書（歌よみに与ふる書） 正岡子規 岩波文庫

智識的生產技術 梅棹忠夫 岩波新書

柿種 寺田寅彥 岩波文庫

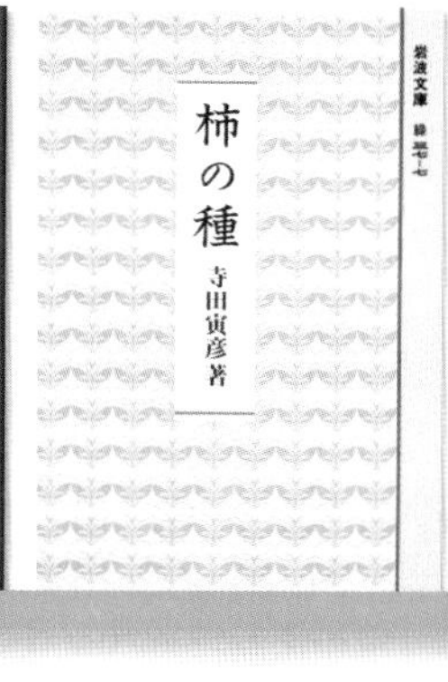

社會認識的進程 內田義彥 岩波新書

論閱讀 等二篇 叔本華（Arthur Schopenhauer） 岩波文庫

〔現代社會科學叢書〕逃避自由（*Escape from Freedom*） 埃里希・佛洛姆（Erich Fromm） 東京創元社

福部里志的書架

Fukube's Bookshelf

貝克街的夏洛克・福爾摩斯（*Sherlock Holmes of Baker Street : a life of the world's first consulting detective*）
巴林格爾德（William S. Baring-Gould）
河出文庫

OPA！
開高健（文）高橋昇（攝影）
集英社文庫

尋找腦中幻影（*Phantoms In The Brain*）
拉瑪錢德朗、布萊克斯利
（V. S. Ramachandran、Sandra Blakeslee）
角川文庫

奇想的系譜
辻惟雄　筑摩學藝文庫

無限論的教室
野矢茂樹　講談社現代新書

新版　雜兵的戰場
藤木久志　朝日選書

你知道希臘神話嗎？
阿刀田高　新潮文庫

茶的世界史
角山榮　中公新書

世紀大擒凶—FBI心理分析官對異常殺人者分析手記（*Whoever Fights Monsters*）
羅伯・K・雷斯勒、湯姆・沙其曼
（Robert K. Ressler & Tom Shachtman）
早川文庫

再一記慢速曲球
山際淳司　角川文庫

回歸正統（*Orthodoxy*）
G・K・卻斯特頓　春秋社

給「兒童」的哲學
永井均　講談社現代新書

馬克士威妖　從機率到物理學
都筑卓司　BLUE BOX

中核VS革命馬克斯
立花隆　講談社文庫

屍體在說話：日本法醫之神帶你看死又看生
上野正彥　文春文庫

米澤老師解析

福部對任何事情都有興趣，原本以為很容易挑選，但如果只是漫無章法地列出作品，恐怕會變成輕薄的書架，因此頗費思量。福部應該會讀那種能廉價購得的二手書，而且是長銷作品、可引領踏入更有深度的嗜好或素養的世界的入門書——發現這一點以後，算是較為順利地選定了。在廣泛閱讀好書的過程中，總有一天他能決定要朝哪個方向發展自己的興趣吧。

伊原摩耶花的漫畫書架

Ibara's Bookshelf

有閑俱樂部
一条田香莉　集英社文庫（COMIC版）

第11人〈新編輯版〉
萩尾望都　小學館文庫

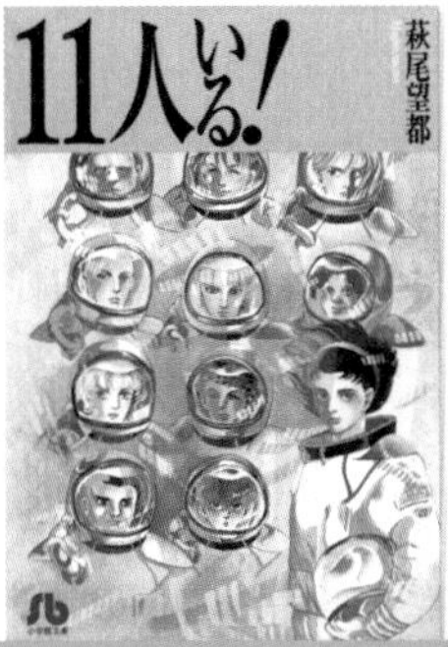

奔向地球
竹宮惠子　中公文庫COMIC版

七色鸚哥
手塚治虫　秋田文庫

愛心動物醫生〈愛藏版〉
佐佐木倫子　花與夢COMICS SPECIAL

藤子・F・不二雄〈異色短篇集〉
米諾陶之盤（ミノタウロスの皿）
藤子・F・不二雄　小學館文庫

WILD7
望月三起也　德間漫畫文庫

銀色羅曼史（銀のロマンティックわはは）
川原泉　花與夢COMICS

蟲師　愛藏版
漆原友紀　KC DELUXE AFTERNOON

潮與虎
藤田和日郎　少年SUNDAY COMICS

陰陽師
岡野玲子　JETS COMICS

佐藤史生選集〈愛藏版〉
搜神戰記
佐藤史生　復刊.COM

我是真悟
楳圖一雄　小學館文庫

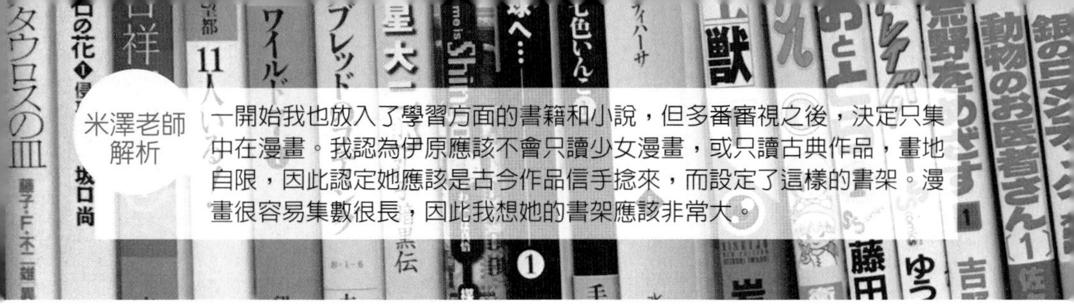

米澤老師解析

一開始我也放入了學習方面的書籍和小說，但多番審視之後，決定只集中在漫畫。我認為伊原應該不會只讀少女漫畫，或只讀古典作品，畫地自限，因此認定她應該是古今作品信手捻來，而設定了這樣的書架。漫畫很容易集數很長，因此我想她的書架應該非常大。

石之花
坂口尚　講談社漫畫文庫

文車館來訪記
冬目景　KC DELUXE AFTERNOON

高橋留美子　人魚系列①
人魚之森
高橋留美子
少年SUNDAY COMICS SPECIAL

香蕉麵包布丁
大島弓子　白泉社文庫

孔子暗黑傳
諸星大二郎　集英社文庫（COMIC版）

吉祥天女
吉田秋生　小學館文庫

這夥人是100%傳說
（こいつら100%伝説）
岡田あーみん
RIBON MASCOT COMICS

咕嚕咕嚕魔法陣
後藤ヒロユキ
GANGAN COMICS ONLINE

大友克洋短編集②
SOS大東京探險隊
大友克洋
KC DELUXE YOUNG MAGAZINE

PATLABOR機動警察
結成正美　小學館文庫

伊帖哈薩（イティハーサ）
水樹和佳子　早川COMIC文庫

高野文子作品集
絶對安全剃刀
高野文子　白泉社

新裝版　寄生獸
岩明均　KC DELUXE AFTERNOON

少年荒野
吉野朔實　集英社文庫（COMIC版）

薔薇特攻隊
新谷薰　MF COMICS

山岸凉子特別選集V
天人唐草
山岸凉子　潮出版社

夢的通路（ゆめのやよいじ）
大野安之　NEWTYPE 100% COMICS

窗簾
幾乎不會拉開。
牆壁
經常會看到的正面牆壁上貼有待辦事項，當成公布欄使用。
雞的擺飾品
造型渾圓的陶製品。拿來當耳機架。
矮桌
撰稿的時候幾乎都是跪坐。如果跪累的話，偶爾會改為盤腿坐。
VAIO

參觀老師的工作室

2017年

包括「古籍研究社」系列在內，
許多米澤作品就是在這裡誕生！
追求功能性而簡約，卻暗藏著各種講究的細節！
米澤老師最新的工作室，首次公開亮相。

插圖／Tomoko Oosuki

自己的作品
不光是自己作品的單行本和文庫本，海外版和漫畫版、撰寫過推薦語和解說的作品也收在這裡。
通往書庫的門
其他數量龐大的藏書，收在隔壁的書庫！
參考資料
辭典、圖鑑、年表等資料。
架高的榻榻米
配合房間特別訂製。底下是收納空間，主要存放再版樣書，因此會盡量避免在榻榻米上堆置物品。

《遲來的羽翼》
出版貼身採訪！

2016年11月30日，眾所期盼的「古籍研究社」系列新作《遲來的羽翼》出版面世。由於時隔六年，受到各界狂熱的歡迎。在此帶領大家一窺發售前後宛如祭典狂歡的幕後花絮。 攝影．文字／角川編輯部

2016.11.24（四）
製作簽名本
@KADOKAWA會議室

① 發售日在即，米澤老師來到位於飯田橋的KADOKAWA大樓。
在會議室等待著老師的……
是大量的《遲來的羽翼》！

② 光是這些就夠壯觀了，但其實這些還不是全部。
桌面上放不下的，正在推車等待上陣……

③ 每一本都請米澤老師簽名後，在發售日前寄送到全國各地的書店。
由於讀者們正引頸期盼，老師立刻著手簽名。
米澤老師慎重仔細地為每一本新書簽名。
應該有不少讀者也注意到，老師的名字筆畫很多啊！

④ 在此用印後完成。
是稻穗的圖案。
內含墨水的連續章，而且握把是特製的，蓋起來更順手……這款「爲編輯著想」的印章引發了話題。
在簽名會等場合，待在簽名的作家旁邊幫忙蓋印章，多半是編輯的任務。

各種試簽試印。

⑤ 一面對抗油性麥克筆的臭味，《遲來的羽翼》的高山漸漸被削平了……中場穿插點心時間，總共花了約五個小時，才簽完全部的書。
真的辛苦了！

2016.12.3（六）

簽書會　@紀伊國屋書店新宿總店

① 簽書會第一天終於到來。新宿是陽光普照的好天氣。
米澤老師也在休息室準備萬全。

仔細一看，老師的領帶上……好多貓！
參加簽書會的各位發現了嗎？
不過，看起來並不是「九尾貓」。

② 簽書會開始。盛大的掌聲迎接米澤老師。
等不及米澤老師登場與期盼新作，讀者的熱情籠罩會場。
明明是十二月，感覺卻熱極了！

③ 這天達成了一項創舉……簽書會限定120位讀者，出席率居然是100%！
不管是米澤老師、在場的書店人員、眾編輯，都是第一次遇到這種狀況。
感謝各位讀者的捧場！

2016.12.4（日）

簽書會　@淳久堂書店池袋總店

①隔天也是東京的簽書會。
米澤老師今天的服裝搭配是……
「今天的服裝，是米澤“說什麼不搬出貴族學校就不會寫小說的傢伙是王八蛋，但我覺得對寫了貴族學校的作家說他不會寫小說實在荒謬”穗信的感覺（大概）。」
（出自米澤老師的推特）
原、原來如此……

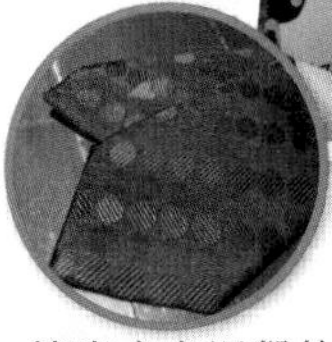

今天的領帶是──
有愛心藏在底下。好可愛！

簽書會在溫馨的氣氛中進行。
每位讀者都分享了自己的感想，也有不少讀者因為現場「無法道盡感想」，寫了信給老師。
謝謝各位讀者！

②然而，編輯部還不放米澤老師回去……接著移動到三省堂書店池袋總店，和三省堂書店神保町總店，請老師幫忙製作簽名本、手寫POP、簽名板。

③接下來是東京簽書會結束後的小小慶功宴，前往泰國料理店。
席間主要的話題，是收錄在本書的「古籍研究社四名成員的書架」的選書。
眾編輯拿著米澤老師想出來的底稿，說著「這部作品也放進去吧！」「感覺應該會有那部作品！」愈討論愈熱烈，米澤老師接話「既然如此，也應該要有那部作品……」，於是又打開了新的門扉，成為熱鬧討論書籍作品的夜晚。

生春卷

2016.12.10（六）

簽書會　@紀伊國屋書店GRAND FRONT大阪店

① 最後一場簽書會在大阪。
會場牆上有著手作的裝飾。
右邊全是和《遲來的羽翼》收錄的故事有關的物品。做得好細緻……！

② 參加者來自關西各地，其中也有據說來自愛知縣的讀者。
米澤老師簽著書，同時確實地注視讀者的眼睛回應。
約兩個半小時後
簽書會結束。
感謝各位讀者。

③ ……果然還沒有結束。
接著移動到紀伊國屋書店梅田總店，和淳久堂書店大阪總店，請老師為《遲來的羽翼》以外的作品簽名。

④ 晚餐是“關西煮”。
可是，這時發生一起事件── 應該每個人都有份的白蘿蔔少了一塊！
米澤老師發揮推理能力……在此之前，總編自首吃了兩塊。

米澤穗信的製造方式

「你如何證明自己的存在是正當的？」
——艾西莫夫《黑鰥夫俱樂部》

作家・米澤穗信是如何誕生的？
請別錯過散布在字裡行間的線索。

米澤穗信的里程碑……刊登於《小說　野性時代》2013年11月號
演講錄〈故事的泉源〉……刊登於《文藝KADOKAWA》2016年4月號

米澤穗信的
製造方式

米澤穗信的里程碑

Yonezawa Honobu Milestone

構成／瀧井朝世

自兒時便自然地著手創作、孕育出各種故事米澤穗信老師，我們請到這位稀有的小說家本人，談談他是如何成長為現在的風貌。

小學時期

1988年（10歲）

一直到小學四年級以前，每當妹妹難以入睡的夜晚，我都會說童話故事給她聽。還記得的有在大草原旅行，以及有巨人和風車登場的故事。出現巨人應該是受到《傑克與魔豆》，風車應該是受到《唐吉訶德》的影響。

1989年（11歲）

經常閱讀青少年小說（Juvenile）。讀了班級圖書櫃裡的威爾斯的《世界大戰》，為雷子號（HMS Thunder Child）迎向末路感到悲傷，於是自己寫了「其實雷子號平安無事」的續集。這是我第一次寫下的故事。

《世界大戰》
（*The War of the Worlds*）
H·G·威爾斯（H. G. Wells）（角川文庫）
描寫火星人侵略地球的古典科幻小說。在黑暗的地下室裡躲避外星人的場面，讓幼時即害怕「生前埋葬」的米澤老師留下了心理創傷。

除了《世界大戰》以外，我也喜歡《十五少年漂流記》（*Two Years' Vacation*）、《環遊世界八十天》（*Around the World in Eighty Days*）、《三國志》、《西遊記》等。在親戚家讀過愛倫坡（Edgar Allan Poe）作品的兒童版短篇集，雖然無法完全理解內容，卻印象深刻。

中學・高中時期

1992年（14歲）

讀了在書店看到、隨手買下的綾辻行人的**《殺人十角館》**，大受震撼：「原來小說還有這樣的樂趣！」開始閱讀「館」系列。記得因為喜歡平裝版的辰巳四郎的封面設計，蒐集了全套。

中學時期讀了**《為什麼不找伊文斯？》**、《說不完的故事》（*Die unendliche Geschichte*）、《獻給阿爾吉儂的花束》（*Flowers for Algernon*），高中讀了史蒂芬金的**《大競走》**等，尚未意識到推理小說這個類型。

當時流行TRPG（桌上角色扮演遊戲，不使用電腦，而是以紙張和骰子來玩的對話型桌遊），喜歡撰寫TRPG劇本。中學二年級或三年級時開始寫警察動作故事，劇情是成為警官的前士兵與變成恐攻首腦的前同袍對決，也許是受到電視劇《飛狼》（*AIRWOLF*）、《霹靂遊俠》（*Knight Rider*），和望月三起也的漫畫《Wild 7》等影響。在高三完成作品。隱約感覺到自己往後即使沒成為作家，應該也會繼續創作故事。

《殺人十角館》
綾辻行人（講談社文庫）
前往無人孤島上的十角形洋館住宿的推理研究社的學生，一個接著一個遇害……作者的處女作，亦是開啓「新本格熱潮」的名作。

《為什麼不找伊文斯？》
阿嘉莎・克莉絲蒂（早川文庫）
墜落懸崖的男子最後一句話究竟是什麼意思？伊文斯的全名是「Gladys Evans」。《愚者的片尾》的江波倉子（Eba Kurako），名字就是來自於這裡。

《大競走》
史蒂芬・金
（扶桑社Mystery）
描寫必須以一定的速度前進，一小時內速度落後三次就會遭到槍決的可怕比賽。米澤老師說因爲太可怕了，不敢買回家。

大學時期

1996年（18歲）

開始使用網路，上傳創作的極短篇。在網路上與同好連繫交流，對推理小說的知識日漸加深。大一、大二的時候也寫過青春小說。

1997年（19歲）

對「書本的王國」（書物の王国）系列的精選集**《架空的城鎮》**留下極深刻的印象。認識了加納朋子、倉知淳、若竹七海等「日常之謎」系的作家。讀了此類型創始者北村薰的**《空中飛馬》**，備受衝擊。

1998年（20歲）

大三開始寫推理小說，類型為「日常之謎」。第一人稱的文體，也許是受到樋口有介的影響，讀了**《我和我們的夏天》**、《風少女》、《夏天的口紅》（夏の口紅）等作品。這個時期也受到泡坂妻夫、連城三紀彥、辻真先、天藤真等作家吸引。

《架空的城鎮》
卻斯特頓等（國書刊行會）

主題式精選集「書籍的王國」系列第一集。收錄西条八十翻譯的鄧薩尼勋爵（Lord Dunsany）的〈倫敦的故事〉（*A Tale of London*），以及米肖（Henri Michaux）、愛倫坡（Edgar Allan Poe）、洛夫克拉夫特（H. P. Lovecraft）、稻垣足穗等作家的短篇作品。

《空中飛馬》
北村薰（創元推理文庫）

落語家春櫻亭圓紫明快地解決大學生「我」遭遇的各種日常之謎，大受歡迎的系列作第一集。米澤老師說第四集的長篇《六之宮公主》亦讓他深受感動。

1999年（21歲）

撰寫畢業論文的同時，寫下《冰菓》的原型作品。當初預定投稿其他文學獎，但因為列表機墨水匣沒水，來不及列印而未趕上截稿日，兩星期後投稿到還來得及參加的角川校園小說大獎「青春推理&恐怖」部門。

岐阜時期

2000年（22歲）～2003年（25歲）

大學畢業後，原本計畫在書店工作，餘暇繼續投稿，但在二〇〇〇年接到《冰菓》得獎的通知。二〇〇一年十月出版該作，出道文壇。續集《愚者的片尾》是一邊上班一邊完成，於二〇〇二年七月出版。由於擔憂未來而準備過公務員考試，卻接到多家出版社邀稿，認為或許能夠靠寫作維持生計。最後在書店工作了兩年。

《我和我們的夏天》
樋口有介（文春文庫）

就讀高二的少年與朋友一同探索女同學死亡眞相的青春推理小說。為獲得「三得利推理小說大獎」讀者獎的作者出道作。

東京時期

2004年（26歲）

二月出版《再見，妖精》。畢業論文的主題是南斯拉夫，因此想以某些形式讓它成為小說。作品再刷，該書的責編邀稿，希望是「適合《冰菓》讀者的作品」，遂完成《春季限定草莓塔事件》，於十二月出版。若說「古籍研究社」系列的起源是北村薰和樋口有介，「小市民」系列就是安東尼．柏克萊。思考著不是正面去寫偵探小說，而是改變角度，風趣瀟灑地寫。這段時期遷居東京。

2005年（27歲）

六月出版《庫特利亞芙卡的順序》。七月出版的《尋狗事務所》嘗試融合民衆史和推理。書名幽默，於是推出文庫版時將英文書名定為「THE CITADEL OF THE WEAK（弱者的堡壘）」，象徵其內容。

2006年（28歲）

《春季～》決定系列化，四月出版《夏季限定熱帶水果聖代事件》。八月，推出改寫學生時代所寫的青春小說《瓶頸》（ボトルネック）。原本打算寫成宛如以利刃割開般的故

《海上的少女》
（*L'Enfant de la Haute Mer*）
蘇佩維埃爾（Jules Supervielle）
（美鈴書房）
一八八四年生於烏拉圭的法國詩人的短篇集，帶有奇幻及科幻風味。米澤老師說是在朋友推薦下買的。

《再見，妖精》
米澤穗信（東京創元社）
描寫居住在地方都市的四名高中生，與來自南斯拉夫的少女的交流。原本作爲「古籍研究社」系列之一而動筆，但最後全面改稿，成爲獨立作品出版。

事，卻成了用鈍器再三毆打般的故事。這時讀了蘇佩維埃爾的《海上的少女》，其中趣味讓人大感驚奇，閱讀的愛好有些轉變。

2007年（29歲）

八月，出版《算計》。作為沉迷於新本格推理的學生時期的總決算，將所有新本格推理題材全塞進去。十月，出版《繞遠路的雛偶》。這個時期讀了《山田風太郎推理傑作選》，深受啓發。

2008年（30歲）

十一月，出版短篇集《虛幻羊群的宴會》。以這部作品為契機，對推理小說的態度出現一些變化。本作的出發點是書寫黑色幽默，但不光是解謎要素，也試著像泡坂妻夫、連城三紀彥、三田風太郎那樣，加入豐富小說的元素。每一篇都以大宅院或洋樓為舞台，復古的氛圍，是受到橫溝正史和江戶川亂步的影響。寫〈玉野五十鈴的榮耀〉時，在老家讀遍從以前就深受吸引的久生十蘭的作品全集。

《虛幻羊群的宴會》
米澤穗信（新潮文庫／新雨）
收錄富有懷舊氛圍的五篇作品。每一篇皆以最後一行撼動作品的世界觀。以被稱爲「巴比倫之會」的讀書俱樂部隱約地連繫著各篇。

《山田風太郎推理傑作選》
山田風太郎（光文社文庫）
全十冊的推理作品集。分爲「本格篇」及「名偵探篇」等。第四集《棺中的悅樂〈淒愴篇〉》收錄的〈新輝夜姬〉是米澤老師形容爲「描寫手法令人驚心動魄」的一篇。

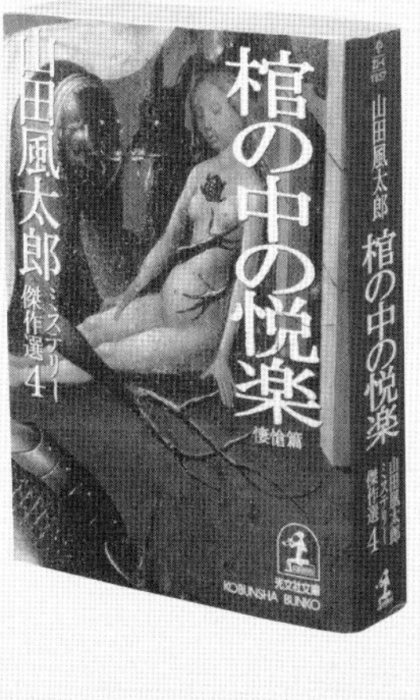

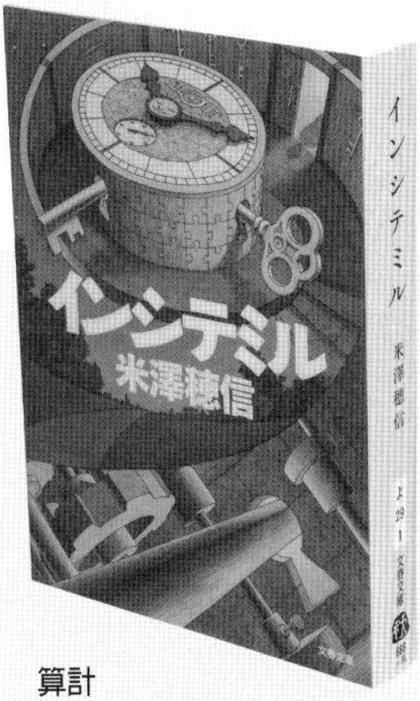

算計
米澤穗信（文春文庫）
受到高得離譜的時薪吸引，一群男女聚集在遭二十四小時監控的奇妙建築物，被迫進行殺人遊戲。這米澤老師盡情「浸淫」於本格推理而寫出的作品。

2009年（31歲）

三月出版**《秋季限定糖漬栗子事件》**。「小市民」系列重視推理小說的框架，本作採用「失落的環節」模式。此外，不同於著重「日常之謎」的「古籍研究社」系列，「小市民」系列的隱藏主題，是發生的事件罪狀逐漸升級。因此，這次的犯罪是縱火。《冬季～》的大綱在寫《夏季～》的時候就構思好了，打算使用和約瑟芬·鐵伊的《時間的女兒》相同的主題，但其意涵保密。

八月出版**《追想五斷章》**。尋找遺失的文本，這樣的設定從以前就異常吸引我，過去我也在《冰菓》和《庫特利亞芙卡的順序》等作品改變形式寫過，但本作的出發點是沒有答案的故事。原本我就喜歡思考沒有結局的故事，或既有的小說後續。作品中，叶黑白這個人所寫的故事，每一篇都是以異國為舞台，這完全是受到久生十蘭的影響。由於寫起來非常愉快，我甚至想寫一本《叶黑白短篇集》。

2010年（32歲）

六月，出版《兩人距離的概算》。十一月，出版**《折斷的龍骨》**。這是以出道前寫的古典奇幻（High fantasy）小說為原型，源流則是麥可·摩考克（Michael Moorcock）。後來我讀了艾利斯·彼得斯（Ellis Peters）的「修道士卡德斐爾」（Brother Cadfael）系列等歷史推理小說，在重寫本作時，將舞台變更為十二世紀的英格蘭。小時候喜愛的故事歷經漫

《追想五斷章》
米澤穗信（集英社文庫）
寄住在二手書店的青年接受委託，尋找五篇沒有結局的小說。在調查的過程中，他逐漸逼近發生於二十二年前的安特衛普槍聲事件的真相。

《秋季限定糖漬栗子事件》
米澤穗信（創元推理文庫）
「小市民」系列第三集。解除互惠關係的常悟朗與小佐內，分別與異性展開交往。此時，市內發生連續縱火案……

長的歲月，孕育成這部作品，得到日本推理作家協會獎，讓我覺得自己進化的方向沒有錯。

2013年（35歲）

一月，出版《遞迴》。我想挑戰像卡爾（John Dickson Carr）《燃燒的法庭》（*The Burning Court*）那種大型詭計的推理小說。同時，本作和《尋狗事務所》一樣，是因對民眾史的興趣而生的作品，尤其是鐵路忌避傳說（一般都說，許多地方拒絕鐵路經過，導致荒廢，但各地都有與此一說法相反的傳說）成為重大的靈感。「玉名姬傳說」當然是虛構的，不過源頭大概是藏傳佛教。寫這部作品時曾出現文思泉湧的瞬間，是相當幸福的體驗。

《遞迴》
米澤穗信（新潮社）
父親失蹤，遙與沒有血緣關係的母親及弟弟，一同搬到母親的故鄉。弟弟開始出現奇妙的言行舉止，讓遙不知所措，這時她得知此地傳承的不可思議傳說。

《折斷的龍骨》
米澤穗信（創元推理文庫）
十二世紀，漂浮於北海的索倫群島。領主遭人以魔法暗殺，他的女兒阿米娜與流浪騎士法魯克開始追查真相。日本推理作家協會獎得獎作。

演講錄
故事的泉源

二〇一六年一月十日於岐阜舉行的演講，可容納二五〇人的空間座無虛席。在此完整收錄講師根據草稿，親自重新撰寫的演講稿。當中再次深入探討：為何人需要故事？

1.

各位好，我是米澤穗信，推理小說作家。今天還請多多指教。

我成長的家中，書架上塞滿了各種故事。以前我在其他地方提過，阿嘉莎・克莉絲蒂的《為什麼不找伊文斯？》是我閱讀的第一本推理小說，但不光是小說，也有許多漫畫。手塚治虫的作品從《火之鳥》道《塵8》（ダスト8）俱全，竹宮惠子和萩尾望都的作品也相當齊全，其中我特別喜愛望月三起也的作品，自我懂事以後，藤子不二雄的作品愈來愈多。小說方面，威廉・德安卓（William L. DeAndrea）的《HOG連續殺人事件》（*The HOG Murders*）、哈利・克雷辛（Harry Kressing）的《廚子》（*The Cook*）等等，皆是出現家中的書架上、令我難忘的作品。

父母也常帶我去看兒童劇。比較特別的是，在寺院的本堂聽人說故事，那似乎叫單人戲劇。如今回想，題材是宮本輝的《泥河》，對當時的我來說太難，有些地方聽不懂，但表演者驚人的魄力，至今我仍記憶猶新。

總之，故事陪伴著我長大。小學的通學時間實在太長了，路上我閒得發慌，於是邊走邊想故事。就讀中學的時候，我開始將腦中的故事以小說的形式輸出，上高中後，我隱約有種預感，往後將會以某些形式創作故事維生。

大學時期，網路逐漸普及，我將自己創作的故事放上網站。對於寫小說的場域從筆記本轉移到網路上，我沒有任何不適應的感覺。不管是拿筆寫在紙上、刻在木板上印刷、撿鉛字印刷裝訂，或是利用FTP上傳到網路，小說就是小說，故事就是故事。即便使用不同的工具，有不同的表現形態，本質上仍沒有太大差異。

大學畢業後，我一面寫小說，同時也進入書店任職。在那裡，我遇到了對照自己過去的經驗後，令人意外的事實。

那就是，故事賣不出去。即使估得少一點，賣場也有三成爲小說和漫畫占據，但十個顧客裡，恐怕沒有一個會買這兩種書。就算是我，也不認爲所有的顧客都是推理小說迷或歷史小說迷，但數量仍超乎想像——不，應該說低於想像嗎？這樣的結果我頗感震驚。做爲參考，附帶一提，什麼書賣得最好？答案是雜誌、實用書和參考書。

或許只是我工作的書店如此而已。但由於這樣的經驗，我不禁觀察起周遭的情況。由於從小在故事的圍繞下成長，我身邊的朋友和熟人，或多或少都喜愛故事。然而，搞不好世上有些人根本不需要故事？我面前的這個人或那個人，主動尋求過創作的產物嗎？

過去我一直深信，對人生而言，說得更誇張點，對一個文明而言，「故事」極爲重要，毫不懷疑。但或許有一天，我將會質疑起故事存在的意義。我漸漸有了這樣的預感。

2.

艾西莫夫（Isaac Asimov）有個「黑鰥夫俱樂部」（Black Widowers）系列。這是科幻作家艾西莫夫所寫的推理短篇集，脫力程度堪稱一絕。其中探討無關緊要的小事，做出無關緊要的結論，但我很喜歡那種脫力感，偶爾會拿起來重讀。

作爲小說舞台的「黑鰥夫俱樂部」，是以聚餐爲目的的集會，每次都會享用美食。然後，慣例會招待賓客。一開始就會問賓客：「你如何把自己的工作正當化？」我覺得十分有意思。用日語問這種問題滿彆扭的，因此我在拙作《眞相的十公尺前》向主角提出相同的問題時，設定爲以英語進行對話。

這次我也來提出這個問題吧！作家如何把自己的工作正當化？還是難脫生硬之感呢。說得更直白一點好了。

據傳，落語家桂米朝的師父，以前曾對他說：「藝人種不出一粒米、打不出一根釘」、「要有晚景淒涼的心理準備」。當然，這是大師在告誡弟子。只引用表面意義來批判某些事物，是引據失當，但聽著實在驚心動魄。

在闡述這段話前，先假設有個叫太郎的人好了。

太郎不看小說。學齡時期，由於是義務教育的內容，讀過國文教科書，但高中畢業以後，就再也沒有機會看小說了。

至於漫畫，有就看，沒有也無所謂。太郎也不看電影、電視劇或舞台劇。音樂方面，雖然有時候公司應酬會去唱卡拉ＯＫ，但流行歌曲頂多兩年學會一首而已。太郎經常看資訊雜誌、科學雜誌或非虛構作品，算是相當博學。太郎非常勤奮，是我的老朋友，但他認爲我從事的工作毫無生產性，難以理解，更進一步說，是隨便胡謅故事賺錢的可疑行當。喔，太郎並不是壞人。每當我遇到困難，他總會不餘遺力地幫助我，是個本性善良的人。

只是……我想想，假設在吃飯喝酒的時候好了，他吐露出似乎蘊釀很久的眞心話：「你啊，連一粒米、一根釘子都生不出來。說穿了，小說就是假的東西吧？說得再好聽，充其量也只能拿來打發時間。寫這種東西到底有什麼用？」

我應該會先指出他的謬誤吧。

要是認爲小說——不，更廣泛地說，認爲故事派不上用場，是天大的誤會。

3.

比方，誕生在古代希臘的伊索寓言，一定都帶有某些警示教訓。〈螞蟻和蚱蜢〉、〈北風與太陽〉、〈酸葡萄〉這些故事，不可能抹除教訓的色彩，否定其中教育的意涵。這可說是故事有助於涵養德性的古典例子。

在日本，中世紀創作出許多佛教故事，用來傳播佛教的世界觀及倫理觀。這也可說是故事作爲有效的工具的實例。

在近世，故事變得非常重要。格林童話不止於故事的蒐集，還肩負形塑浪漫主義的部分職責，並協助年輕的德國建立起對國家的共同想像，形成民族國家的意識。先不論這些童話是不是在德國世代傳承的內容，或是如同艾瑞克・霍布斯邦（Eric Hobsbawm）指出，是被創造出的傳統，但用來證明故事的功用，堪稱是最典型也最知名的例子。

況且，冷靜下來環顧周遭，無數的廣告標語，以及由此而生的故事團團圍繞著我們。許多廣告宣傳詞說起來是一種「標題」，向人們訴求的，其實是由其衍生而出的故事。像我小時候有一句廣告詞：「你能連續戰鬥二十四小時嗎？」這句話要傳達的是，唯有廢寢忘食瘋狂打拚，才能贏得榮耀的故事，同時也傳達出只要喝下這品牌的提神飲料，就有辦法得到榮耀的訊息。由於描述了故事，有時廣告詞能夠反映時代。

如此這般，故事引導、鼓舞著人們。所有人都只能經歷一次人生，會想知道「如果這樣活，自己就會變成這樣」的範本，是天經地義的事。說得極端一點，即使說我們是依循「只要這樣活就能得到幸福」或「若是這樣活，就無法得到幸福」的故事而活也不爲過……

我這麼解釋著，太郎卻笑得更賊，而我的聲音愈來愈微弱。太郎應該會抓準我話中的空檔開口：

「哦，所以你是爲了教訓、啓蒙讀者，或是成爲社會的原動力之一而寫小說。這樣的話，確實有用處。我懂了，這是值得敬佩的工作。」我不得不稍稍撇開頭，喃喃辯解：「不，這只是一般論，並不是指我寫的小說也是如此……」

故事「有時候」有用，非常好，可是故事「因爲」有用而被創造出來，此一觀點對作家來說，形同自掘墳墓。這等於是主張看似沒用、也無法帶來教訓的故事，沒有存在的意義。我不想認爲稀鬆平常但令人喜愛的故事，或雖然無聊卻具有令人難忘的魅力的故事，因爲無用，所以是多餘的。

說起來，我不曾在自己的小說中加入任何教訓寓意。如果有的話，頂多是作爲自戒，從未想過我的自戒會爲誰派上用場。

以前任天堂的電玩主機在美國遭到大肆抨擊時，任天堂方面主張：不，電玩可訓練手眼協調，十分有用。當然，這是無稽之談，應該沒人是爲了訓練手眼協調而打電動吧。顯而易見，與其說是任天堂方面是眞心這麼想，其實這是爲了迴避輿論批判，硬掰出來的藉口。

故事「有用」、「派得上用場」，一樣也只是藉口罷了。而且，感覺是不怎麼行得通的藉口。

4.

實際上，故事是來自於非常深邃之處。是從原始、陰暗之處滾滾湧出。那陰暗之處，就是故事的原鄉吧。這不是什麼深奧的道理，或超自然的概念。故事存在於每一個角落，一點小契機就能讓故事自動冒出來。

我會對太郎說：「不，比起有沒有用的問題，故事似乎是自然出現的。」那麼，太郎當然會大大地質疑：故事眞的那麼簡單就會冒出來嗎？爲了證明一點小契機就能促使故事誕生，來玩一場小遊戲吧！

假設這裡有五個人。（請參考圖A）

……我從以前就立志成爲小說家，從未妄想成爲漫畫家，但看到自己畫的圖，總是由衷慶幸自己嚮往的不是漫畫家這一行。

好，如果只是這樣，就是五個笨拙的人形圖案而已。我們試著加上一點東西。（請參考圖B）

如何？看出什麼來了嗎？

這個拿著斜線的人，是站在隊伍的前頭，還是末尾？又或者，只是剛好在旁邊？

這會不會是一群要去救溺水孩童的人？別看他們這副德性，其實他們十萬火急，拿了根長長的棒子，好讓溺水的孩童抓住，或是需要時能用來打撈水底。

如果這個人是在隊伍末尾……是啊，他手上拿的或許是一把長槍。他恫嚇著四名俘虜，要將他們帶去某處。

如果是長槍，或許劇情會和平一點，像是在擲標槍比賽的會場，剩下的四人可能是等待上場的選手，也可能是緊張萬分地觀賽的相關人員，很快就會舉起手，發出喝采。

圖A　均質的五人

圖B　左邊出現了故事

多加一點東西好了。（請參考圖C）

狀況大爲不同。

剛才，唯一一個拿斜線的人是故事的焦點，但這次只有一個人沒拿斜線，於是出現了故事。是不是有這種感覺？

右邊兩人和左邊兩人，也許是互相對立。正中央的他，或者是她，是不是在試著調解？這麼一想，看起來也像是張開雙手阻止兩方。

抑或是左右雙方正要制服中央的人。動員四個人壓制一個人，實在滿誇張的，不過如果是重要的政治犯，就營造出反烏托邦的氛圍來了。不然就是正中央的人是可怕的強敵。雖然不知道他是大力士，還是做出什麼恐怖的事，但這感覺就像是「即使是你，也逃不過天羅地網」的場面。

再補充一些細節吧！（請參考圖D）

如此一來，狀況就頗爲明確了，是國王與士兵……愼重起見，我說明一下，這刺刺的東西是王冠。

像這樣，只是在均質的團體中加入一點點小差異，就足以促使故事出現。若要舉個實例，《星際大戰七部曲：原力覺醒》（*Star Wars: The Force Awakens*）一開始便以令人印象深刻的方式運用了這個原理。詳情不多談，看過電影的人，應該能領會我指的是什麼。

提到電影，約翰・貝德漢（John Badham）導演的《霹靂五號》（*Short Circuit*）

圖C　焦點轉移至中央

中，有個因被雷劈中而擁有心的機器人。要讓機器擁有心，雷電是最好的管道。由於雷電不單純是自然現象，更讓人感受到某種神性吧。先撇開這一點，這部電影中，有個場面是技術人員對著機器人，把湯倒在紙上對折後，問機器人：這污漬看起來像什麼？機器人起初分析成分：木槳、水、鹽、味精，接著又說「很像某些東西」，像蝴蝶，像鳥……也像楓葉。

聽到這些回答，技術人員確信這個機器人有了心。因爲有心，才能夠想像，這種道理令人信服。

那麼，人類爲何擁有創作故事的力量？「故事」爲何會自動湧出？

……對遠古時代生活在野外的人類而言，想像山丘對面有什麼，是決定生死的分水嶺。聽說，猜想在轉角處投下黑影的物體是什麼、黑暗中是否潛藏著致命的威脅，就是想像力的泉源。不過，如果這種說法正確，會想像出故事的應該不只有人類才對。爲了求生，運用各種資訊，並非人類的特權。或許狐狸會夢見屬於狐狸的、狼會夢見屬於狼的故事。這樣想雖然有趣，但都不脫假說的範疇。

況且，人類爲何創作故事？在我心中，這個問題不怎麼重要。不知爲何，就是會有故事冒出來，光是如此就足夠了。

圖D　資訊量充足

5.

太郎心地善良，嘴巴卻十分苛薄，搞不好他會說：

「原來如此，你是想表達不管有沒有用，總之故事就是存在，對嗎？那麼，暫時同意質疑『故事有什麼用』沒有道理好了。但如果故事是那麼根源性的、而且是會自動冒出來的東西，沒必要當成職業吧？只要在網路上晃一圈，不就能搜尋到浩瀚無邊的神奇經驗談嗎？」

唉，我對太郎眞是失望。

即使碳元素存在於各個角落，也不是隨手就能撿到鑽石。確實，故事的起源是原始的、自然湧現的，但不經雕琢，無法通用於世。將故事整理成完整的形態，轉化為文字或影像，從頭敘述到尾，是需要一番工夫的。

雖然不清楚自身達到什麼水準，但我稍微有自信，能不負職業人士之名。作爲參考，請容我稍微談談自己的工作方式，如何從發想到完成一部小說。

我認爲在寫推理小說時，有三個必要的元素。

首先，是故事本身。故事簡單就行了，即使是從剛才的五個人的圖畫衍生出來的故事，也足以成爲一種發想。

不，更正確地說，發想必須單純才行。如果沒辦法三言兩語交代「我現在要寫的是怎樣的故事」，而是拖沓地描述「A做了B，C做了D，然後E想要F……」，便該考慮一下故事情節推敲不足的可能性。

接下來，由於是推理小說，需要謎團。其實——或者該說，想當然耳？這部分很耗時間。漫長的歷史中，誕生出形形色色處理推理小說謎團的方法，比如追查凶手、破解殺人手法、破解不在場證明、密室、多重解答，在推進思考時，這些是十分有用的輔助線。當然，這些方法並非萬能，而且若是過度依賴詞彙，會陷入自體中毒。如何構思謎團，並非這次的主題，因此簡短地說，日常生活中可高高豎起天線，廣爲接收資訊。

將故事與謎團進行有機的結合，便大致完成推理小說的骨架。理想上，會希望故事在謎團解開的瞬間迎向最高潮。兩者的連繫必定是密不可分。如果這個故事能使用密室之謎，但換成破解不在場證明也無所謂，代表作爲推理小說不夠精鍊……有趣的是，其實不需要每一部作品都精鍊到完美。有時候謎團一支獨秀，反倒格外有趣，或者故事本身才是主角，謎團是用來豐富故事的配角——我喜愛的作品，許多都是如此。

三個元素裡，最後一個元素是舞台。故事發生在哪裡？是什麼時候的事？如此一來，骨架便加上了血肉。剛才我提到故事與謎團的結合理應密不可分，相對地，舞台具有互換性。一個故事能以現代日本爲舞台，也能以中世紀英格蘭爲舞台，無論選擇哪一邊，大抵上都成立。

以拙作《冰菓》爲首的「古籍研究社」系列的舞台，是以飛驒高山爲原型。從

《春季限定草莓塔事件》開端的「小市民」系列，舞台原型則是岐阜市。「小市民」系列的舞台叫「木良市」，不是來自於歷史人物吉良上野介，而是流過岐阜市的大河木曾川及長良川……濃尾平原還有一條揖斐川，但我沒用在市名上。先不論這一點，以高山市或岐阜市爲舞台，並無必然性。純粹是我熟悉的地點，沒有非得是那裡不可的理由。

不過，不能因爲在任何地點都能成立，就草率決定。正因任何地方都行，在設定故事舞台的時候應當小心，才能獲得助益。

拙作《滿願》收錄的短篇〈關守〉，寫作過程跌跌撞撞。其實原本的構想是，描寫守著破寺裡無人祭祀的死者的男人。這樣也不壞，但詭計和故事就是無法融合在一起。我心想這樣不行，只得暫且束之高閣。

後來，我爲了雜誌《CREA》的企劃前往伊豆修善寺，目的是探訪橫溝正史《女王蜂》的舞台，離開旅館時，我發現一尊奇妙的道祖神。雖然可以當場畫給各位看，但我的畫功如同各位所見，自行上網搜尋一下照片會比較快。

看到的瞬間，我便想：「就是它！」伊豆的山路、古怪的道祖神，在我的腦中和足利茶茶丸的傳說結合在一起。我感到胸有成竹，一星期就完成〈關守〉這篇作品。我想這應該算是舞台協助小說完成的好例子。

此外，即使當初選擇的舞台並無必然性，只要好好珍惜，也會在後來發揮助力。

剛才我提到，「古籍研究社」系列的舞台以飛驒高山爲原型，其實沒有太深的意涵，但在完成〈開門快樂〉、〈繞遠路的雛偶〉、〈連峰可否晴朗〉等作品後，現在我已難以想像缺少飛驒意象的「古籍研究社」。

至於舞台的另一個要素——時代設定，截至目前爲止，比起完全的「現在」，我更常描寫十幾二十年前之類稍早的年代。理由很簡單。現代資訊技術革新過快，即使自以爲書寫的是「當下」，也會在短短兩、三年後就顯得老舊落伍。

拙作《尋狗事務所》中，有BBS和ICQ等登場，現在應該也有些年輕人不知道是什麼東西吧。爲了避免出現這樣落伍的情況而選擇稍早的年代當成舞台，是最大的理由，但也替小說營造出一點懷舊氣氛，我覺得十分有趣。這種效果在《滿願》中格外顯著，感覺《尋狗事務所》也差不多陳舊到一個程度，進入懷舊的領域了。

故事、謎團和舞台三者齊備，推理小說才總算動了起來。最後，再來思考角色。活在這部小說裡的，是怎樣的人？小說的登場人物不必特別有個性。如同任何人都必須活出自己的人生，無論多平凡的人，也能在故事中占有一席之地。重要的是，不能馬虎對待創造出來的角色。這不是說不能讓他們有悲慘的際遇，而是即使不完整，仍必須努力賦予他們至少一部分的人生。

這方面我有一套方法。每當有必要詳細設定角色時，我會對他們進行心理實驗。我會向創造出來的他或是她，重複三十次相同的問題：你／妳是怎樣的人？最初的十五次，都是年齡、性別、身高、體重等資料，漸漸地會回答不出來。隨著回答的次數增加，我會一點一滴地瞭解這個角色是怎樣的人、重視什麼、在什麼場面會有何想法、有何發言。

6.

好了，我自己的事就說到這裡，回到太郎身上吧。他或許會說：「這樣啊，看來你也不是不經大腦地寫作。」然後，他將跪坐的膝蓋挪近我，露出忽然酒醒般的表情問：「可是，爲什麼非你不可？就算你不寫新的故事，過去不是也有數不清的名作嗎？」

太郎的話很有道理，在最後展現出「不愧是太郎」的一面，直指核心。確實，光是閱讀過去的名作，一輩子都不愁沒有故事讀。那麼，爲什麼我要寫小說？爲什麼這個世界會不斷產生新的故事？

站在讀者的角度，就能想到追求新故事的理由。比方，「社會總是需要故事當借鏡」，這個假說如何？簡而言之，以前的故事固然不錯，但還是會希望看到自己現在生活的社會的故事、有如同自己的角色登場的故事。傑出的故事會超越時代，因此，從千百年前的故事中找到自己的影子，並不罕見。沒有太多落差，很容易將自己直接投射在角色上，不僅更容易閱讀，也更有趣。這應該不算是偷懶的讀法吧。

此外，每一個時代的人們面對的問題，迫切的程度不盡相同，因而會出現只有當代才會產生的主題，拙作《王與馬戲團》或許就是一例。本作是奠基於資訊社會中，任何人都能成爲資訊發布者的現實而寫。即使想從過去的名作找出既出色又現代的主題，仍有牽強附會，或隔靴搔癢之感。要描寫「當下」，當下的故事自然更精準。

身爲讀者，爲何我不滿足於只讀過去的名作？我想前述的邏輯應該足以回答這個問題。

那麼，身爲寫作者的我呢？爲何我不斷受到過去的名作撃垮，仍要持續寫作？

……至於其他的小說家、持續創作故事的人是什麼情形，我不清楚。我只知道自身的理由。

小時候，我非常害怕死亡。

每個人都怕死，但這種恐懼只能獨自面對。死後一切都灰飛煙滅，不復存在，我感到非常恐懼。

有什麼辦法能避免自己徹底消失嗎？死後如何繼續存在？小時候我不斷思索，最後想到的方法，是讓自己成爲一個資訊體。我這個人總有一天會死，但身爲資訊體的我，不一定會完全消失。將「我」這個資訊分割、擴散出去，有人繼承其中一部分，並根據我的資訊生成新資訊，又繼續擴散出去……只要人類存在的一天，我的一部分想必就會繼續留存在世上。

所以，雖然敬畏著過去的傑作，我仍要創作自己的故事。

小時候的想法，仍殘留在我內心的某處。

希望有朝一日，我寫的小說能催生出新的故事。無論是喜歡我的故事而創作的故事也好，或是基於「米澤也沒什麼大不了，我寫得出比他更棒的故事」而創作的故事也行。我自己也是接觸到前人的作品，懷著敬意與自尊心進行創作。然後，我的小說或許會成爲某人的故事泉源。

這種想法，讓我頗爲心滿意足。

對談集 2

米澤穗信與推理作家

徹底分析・探討米澤作品

以米澤作品為中心的兩篇對談。
那位作家，是如何閱讀米澤作品的？

對談
綾辻行人
為了產出豐潤的推理小說
刊登於《小說　野性時代》2013 年 11 月號

對談
大崎梢
《遲來的羽翼》
刊登於《書的旅人》2016 年 12 月號

綾辻行人 對談 米澤穗信

為了產出豐潤的推理小說

作為新本格推理的旗手活躍，近年也創作恐怖及幻想小說的綾辻行人老師，以及自國中就熱愛綾辻作品，長大後成為作家的米澤穗信老師。對推理小說的熱情超越世代傳承，更進一步傳達給年輕讀者。我們請到人氣非凡的兩位作家談談「對推理小說的情感」。

構成／福井健太　攝影／中岡隆造

▼喜愛的古典推理小說系譜

米澤　我是上大學以後才眞正開始讀本格推理小說，但只有綾辻老師的作品，中學的時候就讀過。當下沒意識到那是推理小說，買了看起來似乎挺有趣的《殺人十角館》，第一次看到「卡爾」和「艾勒里」這些名字。

綾辻　米澤老師是二○○一年出道的吧？記得第二部作品《愚者的片尾》出版後，在Sneaker文庫的新年會上，你向我賠罪說「我在不知情的狀況下採用了（和綾辻老師的某部作品）一樣的題材」，當時我覺得這個人眞的很誠懇。

米澤　第一次見到老師時，老師建議我讀古典推理小說，於是我立下決心，涉獵各種作品。當時我感到非常汗顏，覺得自己怎麼這也沒讀過、那也沒讀過。

綾辻　在其他的餐會上和米澤老師還有谷川流老師暢談古典作品的事，我也記憶猶新。討論到法蘭西斯．艾爾斯（Francis Iles）的《殺意》（*Malice Aforethought*）時，我心想你們還那麼年輕，品味未免太古老了（笑）。谷川老師其實是個熱情的推理小說迷。

米澤　提到外國作品，我喜歡像傑拉德．凱許那種「奇妙的風味」，至於國內作品，我特別爲《幻影城》出身作家的作品傾倒，所以雖然不太有重疊的部分，聊起來仍非常有趣。

綾辻　《冰菓》和《涼宮春日的憂鬱》都是以聰明的男高中生饒舌的第一人稱來寫，我覺得作品的調性滿相似。

米澤　常有人這麼說。我是受到樋口有介的影響。

綾辻　大學的時候，你沒加入推理研究社吧？

米澤　我們大學沒有推理研究社。不過，我和同好透過網路交換資訊，從北村薰老師的「日常之謎」入門，讀了泡坂妻夫老師、都筑道夫老師、連城三紀彥老師的作品，並在自己的網站發表練習作。迴響最大的是《冰菓》，我投稿參加角川校園小說大獎，拿到獎勵獎。

綾辻　角川文庫的Sneaker Mystery文庫雖然十分短命，但開創出現在包括米澤老師在內，作家輩出的盛況。我認爲具備了如同過去的《幻影城》的存在意義。

▼兩人喜愛的作品

綾辻　聽說《折斷的龍骨》原本是發表在網站上的作品？

米澤　原型是這樣。我覺得那篇作品不行，但東京創元社的編輯大力稱讚，於是我進行全面改寫。

綾辻行人（Ayatsuji Yukito）
1960年生於京都。就讀京都大學期間，參加推理小說研究社。87年以《殺人十角館》出道文壇，成為「新本格浪潮」的嚆矢。92年以《殺人時計館》獲得第45屆日本推理作家協會獎。除了推理作品外，亦有許多恐怖長篇及幻想譚著作。

綾辻　目前那部作品算是最強的剛速球。我本來以爲你是穿過「愚直的本格推理」出道的作家，但《折斷的龍骨》在以某種意義上，是相當直球的本格推理，所以我很驚訝。要把那種類型的本格推理寫得有趣，相當困難吧？有太多必經的步驟，弄個不好，容易流於索然無味。不過，《折斷的龍骨》漂亮地克服這些困難，我覺得前途不可限量。

米澤　謝謝老師！我採取漸漸縮小嫌犯範圍的結構。刪去法的推理作品，不管是閱讀還是創作都十分有趣。聽到老師稱讚那部作品，我眞是太開心了。

綾辻　不過，米澤作品中，我最喜歡的是《虛幻羊群的宴會》。女孩子說著敬語的語氣，帶有一點懷舊的美好味道。黑色幽默的擦邊球，讓讀者會心一笑，又難以預料接下來的發展。總之，非常有意思。〈山莊祕聞〉那種要深思才能明白的哏，在好的意義上，我哈哈大笑。〈北館的罪人〉和〈玉野五十鈴的榮耀〉，每一篇我都喜歡。連作短篇全是以大宅爲舞台的故事，算是米澤版的「館」系列（笑）。

米澤　不敢當（笑）。對於綾辻老師的《殺人時計館》，我有很深的感情。我覺得伏線實在過於大膽，尤其是第一句話，有種必須重讀才能瞭解的推理小說炫技味道。第一次讀的時候，瞥過去就忘了，實際上卻隱藏著驚人的意義。

綾辻　我的主張是，不要藏得太深。比起騙過十個人裡的九個人，大概會被三個人識破的寫法，才能爲剩下的七個人帶來強烈的衝擊。

米澤　我原本覺得《霧越邸殺人事件》是類似融合推理與幻想的《**燃燒的法庭**》式的作品，但讀過綾辻老師的恐怖和幻想小說，發現您本來就是個追求幻想性的作家。

綾辻　我從小就特別喜愛「可怕的事物」，推理小說還得退居第二。我十多歲的時候寫的都是怪奇小說，寫不太出推理小說。

米澤　是幻想體質啊。

綾辻　米澤老師寫了許多種類和方向性都不同的推理小說，可是一開始沒人想到你會寫出像《瓶頸》和《算計》那種作品。

米澤　我這人就是沒定性。《算計》的構想從很早以前就有了，不過被說這不是以「日常之謎」出道的作家應該這麼快就寫的類型，直到二〇〇七年才總算出版。我自認是符合新本格推理成熟期「以有在閱讀新本格推理爲前提」的作品，但似乎不太被這麼解釋。

綾辻　對了，《冰菓》的動畫眞的非常棒。構造那麼複雜的《愚者的片尾》居然能改編成動畫，我很佩服。應該有不少讀者是由此入門推理小說的，動畫化成功的功勞相當大。擁有年輕讀者十分重要，以後一定也會出現第一次接觸到的推理作品是《冰菓》動畫的作家。

米澤　當時我只能全神貫注地投入眼前的事，但如果對棒子的交接能有一點貢獻，就太令人開心了。只有兩個人對話的〈心裡有數的人〉要怎麼改編成動畫？我原本很擔心，但播出後有人主動讀了〈**九英里的步行**〉，我覺得實在是理想的發展。看到有人因此成爲推理迷，我感到相當高興。

▼引人入勝的技術

米澤　《愚者的片尾》中，我讓談論密室的角色說出「鎖住又怎樣」這種話。《殺人黑貓館》裡也有類似的台詞，那是出於什麼意圖？

綾辻　身爲推理圈的人，我算是不太正經的。即使聽到有銅牆鐵壁般的不在場證明，也會覺得「所以咧」。密室也一樣，會忍不住暗想「反正就是設法弄出來的吧」（笑）。

米澤　我也是（笑）。所以，我曾對解謎的程序感到疑惑。如果強調本格推理那種謎題性質，不用問遍每一個角色，只要寫句「每個人都有不在場證明」就能交代過去。可是，那樣就沒辦法變成小說。

綾辻　所以，我寫了《推理大師的惡夢》（どんどん橋、落ちた）（笑）。業餘人士寫出那樣的猜凶手小說，作品中的讀者大怒，是這種結構的狡猾連作短篇集。可是，像昆恩的初期作品，審問的場面很有意思，對吧？我也覺得必須正直地去追求這樣的樂趣。

米澤　高木彬光老師會在進入解答篇之前，條列出解謎的項目。以謎題來說，這就足夠了，但《刺青殺人事件》和**《人偶為何被殺》**依然精彩。我認爲推理小說豐饒的關鍵就在這裡。即使要追求驚奇，還是需要小說的部分。

綾辻　要生出驚奇，首先必須**引人入勝**。光是條列，當然也可構成謎題，但讀者沒辦法沉浸在故事的世界裡。但若是以小說的力量**引人入勝**，即使是小小的一擊，也能讓他們大感驚奇。我認爲小說家的工作，就是建構作品中的現實，以達到這個目的。

米澤　坊間容易把推理小說當成猜凶手的小說，但對於常讀這種類型作品的讀者來說，完全不是。不管誰是凶手，他們都不會驚訝，所以寫猜凶手類型的作品時，要營造出意外性相當困難。

綾辻　評審新人獎的過程中，我發現許多作品都在故事進展到一半就揭曉凶手是誰。雖然我覺得除非是倒敘或破解不在場證明，就算是逞強也好，應該把凶手身分隱藏到解答篇才對。

米澤　那是「搶先在被抓包之前自己說出來」的心理。

綾辻　要用意外的凶手來一決勝負頗困難，所以有時候會轉往意外的詭計、意外的推理、意外的邏輯發展。可是，只要能引人入勝，仍有很大的驚奇空間。怎樣才能讓讀者對劇情發展牽腸掛肚？最近我滿腦

法蘭西斯．艾爾斯《殺意》（創元推理文庫）

開業醫師比格里想出天衣無縫的殺妻計畫，準備在法庭上贏得無罪勝訴。犯罪者細緻的心理描寫、與警察令人屏息的對決，結構巧妙，被譽為「世界三大倒敘推理小說」之一的巨作。

谷川流《涼宮春日的憂鬱》（角川Sneaker文庫）

被古怪的美少女涼宮春日拉進社團「SOS團」的高中生阿虛，發現其他社員居然是外星人、未來人以及超能力者。奪得第八屆Sneaker大獎的出道作。動畫版也獲得絕大人氣。

約翰．狄克森．卡爾《燃燒的法庭》〔新譯版〕（早川Mystery文庫）

化妝舞會之夜，一名男子遭到毒殺，遺體從密室狀態的墓室消失了。目擊者說看到有女人穿牆而過，肖似十七世紀毒殺魔的女子蒙上嫌疑。融合本格推理與怪奇小說的巨匠代表作。

子想的都是這個問題。米澤老師有什麼當成目標、「想寫出那樣的小說」的作品嗎？

米澤 《失控的玩具》非常接近我的理想。充滿智慧，過去與現在互相呼應，符合推理小說的定型，卻也是一部冒險小說，並帶有炫技風味。泡坂老師採用的是玩具的歷史，而我在苦思自己的主題是什麼、如何準備好這樣的主題，打造成一部作品？綾辻老師的目標是什麼？

綾辻 呃，我是希望可以賦閒一陣子啦（笑）。在同一行打滾了四分之一個世紀，容易喪失幹勁，不過和米澤老師這樣的後進作家談話，帶來很棒的刺激。我希望能有機會多多和年輕人對談。

柯美曼《九英里的步行》（早川Mystery文庫）

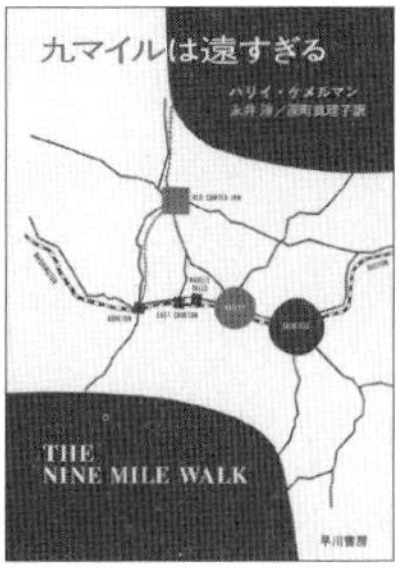

英國文學教授尼克．威爾特根據對奕的市長「我」隨口說出的短句，破解「現實中的犯罪」。收錄包括同名標題作的連作短篇集。輕妙的邏輯推理令人印象深刻的古典名作。

高木彬光《人偶為何被殺》（光文社文庫）

魔術表演用的人偶首級遭竊，與無頭屍一同被發現。凶手讓急行列車輾斷人偶的目的到底是什麼？描寫名偵探神津恭介感嘆「真是一場令人膽寒的大魔術」的連續殺人案，本格推理傑作。

泡坂妻夫《失控的玩具》（創元推理文庫）

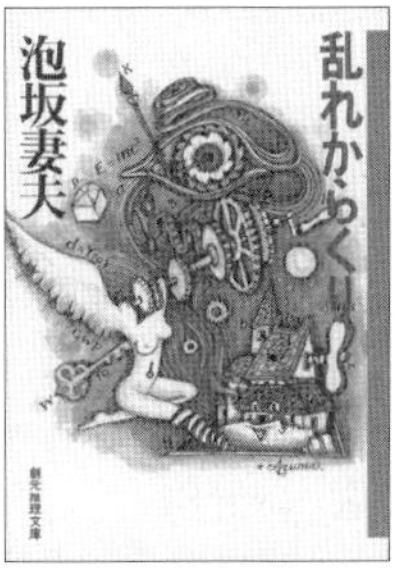

玩具公司部長意外身亡，兩歲的長男亦離奇橫死。徵信社老闆與部下拜訪社長的住所「螺絲屋」，然而屋裡的居民接二連三遇害。充滿玩具趣味的第三十一屆日本推理作家協會獎得獎作。

《遲來的羽翼》

SPECIAL TALK

HONOBU YONEZAWA

×

KOZUE OSAKI

對談

米澤穗信×大崎梢

睽違六年，累計暢銷二三〇萬冊的「古籍研究社」系列推出最新續集。在對談中，米澤老師和同樣以創作「日常之謎」出道的大崎老師，共同探討自身原點的本系列作。採訪・文／瀧井朝世　攝影／YUJI HONGO

長大以後想當什麼？

米澤　高中的時候，我就決定將來要當個創作故事的人。那麼，大崎老師呢？

大崎　以前我覺得只有特別的人才會寫小說，不過從高中起，閒暇的時候我就會在腦中創作故事。結婚生子後，我問孩子：「你長大以後想當什麼？」結果被反問了一樣的問題。的確，自結婚成爲母親，我就沒想過下一步要做什麼，於是我進書店工作，也著手寫小說。

米澤　據說老師出道的契機，是東京創元社的戶川安宣先生推薦？

大崎　沒錯。投稿新人獎的時候，戶川先生開了短篇小說課，我報名參加。報名條件門檻很高，要先寫一則短篇寄過去。雖然短篇小說課本身沒開成，但戶川先生讀了我寄去的短篇，我因此出道。

米澤　老師的出道作，是書店員解開日常之謎的《配送小紅帽》（配達あかずきん），對吧？那時候我就覺得您的文風渾然天成。

大崎　哪裡、哪裡。我覺得把書店的工作寫成故事，或許會很有趣，於是開始動筆。米澤老師也是從出道作《冰菓》就寫日常之謎，您是刻意選擇這種類型嗎？

米澤　我在各種書寫的過程中，覺得自己的文風比較偏向邏輯理論，應該滿適合推理小說這個類型。

古籍研究社四人的過去與未來

大崎　以《冰菓》爲首的「古籍研究社」系列的最新一集《遲來的羽翼》即將出版，爲了這次對談，我全部重讀了一遍。

米澤　眞是太感謝了。第一集是不是太生澀了……？

大崎　哪裡，我反倒覺得從第一集《冰菓》，老師就大顯身手，非常感動。總覺得從一開始就有和《王與馬戲團》共通的、類似地下水脈的事物。

米澤　謝謝。由於是以日常之謎爲主的校園作品，有些人以爲我是寫流行通俗的小說出道，但《冰菓》是和學生運動有關的故事，而且我自認從那時候就有著跟《再見，妖精》和《王與馬戲團》相通的底蘊。聽到老師這麼說，我眞的很開心。

大崎　當初寫《冰菓》的時候，就有續集的計畫了嗎？

米澤　不，完全沒有。

大崎　眞的嗎？可是，每一集都經過一段時間，主角們也確實在成長，所以我十分好奇老師構思到哪裡了。

米澤　決定寫續集後，我曾考慮是否要讓時間繼續前進。我想寫無名小卒的高中生逐漸建立起自我的故事，於是決定讓時間前進。

大崎　古籍研究社的四人當中，哪一個角色的形象最先確定下來？

米澤　原型的話，折木奉太郎最早，接下來是千反田愛瑠、伊原摩耶花、福部里志的順序。主角的朋友是最後。千反田是純眞的女孩，所以我想加入一個世故的女生來平衡一下，便先有了伊原。

大崎　奉太郎的「沒必要的事不做」、千反田的「我很好奇」、里志的「資料庫做不出結論」，每個人都有令人印象深刻的口頭禪。我非常喜歡伊原最初在圖書室遇到奉太郎時的台詞「哎呀，這不是折木嗎？好久不見，眞不想見到你」。這句話爲故事注入了活力。

米澤　爲什麼伊原會說出那種輕蔑折木般的話？我在這次的短篇集中揭曉了理由和過去發生的事。

大崎　是啊，是第二篇的〈那些沒映照在鏡子裡的〉，對吧？提到中學時代的插曲，我心想「咦，奉太郎中學的時候有女朋友？不可能」（笑）。讀著讀著，我又恍然大悟：啊，原來如此！

米澤　呵呵呵。

大崎　我覺得有意思的是，這篇和〈連峰可否晴朗〉都是想修正自己心中印象的故事。〈鏡子〉是伊原覺得自己可能誤會了中學的折木，於是進行調查。〈連峰〉則是奉太郎覺得自己或許誤會老師的心情，去查證事實。明明往後應該也不會有誰來責備自己，但心中那個人的形象遭到扭曲，卻會如坐針氈。

米澤　我自己是沒怎麼意識到，不過兩篇確實有這個共通點。一旦產生「他就是這樣的人」的印象，必須擁有對他人的體貼和好奇，才有辦法主動去進行修正。

大崎　這本短篇集裡，還有一篇以伊原爲主述者的故事〈我們的傳奇之作〉，講述是她參加的漫畫研究社。

米澤　最後一篇〈遲來的羽翼〉中，伊原甩開迷惘，畫了漫畫，所以我想寫下片段過程。這次每一個登場人物都談到過去和未來，我也想讓伊原這麼做。

大崎　最後的同名標題作，千反田的心思產生很大的動搖。

米澤　這部分從一開始就決定了。不知不覺間，發現自己站上原本不必淌渾水的擂台，是這樣的故事。

大崎　往後的發展眞教人好奇……

米澤　原先打算在這本短篇集中讓時間前進更多，但考慮到還沒寫高二暑假的事，總覺得跳過這一段十分可惜。

大崎　這麼說，已有接下來的構想嘍？

米澤　嗚……嗯，還在想啦（笑）。

大崎　不過，這個系列在米澤老師的作品中，難得比較偏向愛情。

米澤　咦，有嗎？

大崎　有啊！讓人看了想在一旁吹

口哨。

米澤　這該怎麼回答才好……啊，眞害臊。

大崎　啊，旁人說得太多，會害老師寫不下去嗎？請盡情揮灑吧！

事實沒有現實感？

米澤　好的（笑）。剛才提到台詞，我喜歡大崎老師的《獨家菜鳥》（スクープのたまご）的這段台詞：「要是這個世界全是由意外很好的人、其實很好的人、果然很好的人所組成，那就好了」。感覺像是背後隱藏著「可惜悲傷的是，事實並非如此」的心情。

大崎　哇，謝謝稱讚！

米澤　以出版社爲主題的「千石社」系列，您應該是下了極大的工夫採訪寫成的吧？我想效法老師這種態度。

大崎　是啊。可是，比如《獨家菜鳥》中，主角的週刊記者外出採訪，不料錯過末班電車，於是在採訪對象家過夜，這是我想像出來的情節，後來卻有人問我：「這是妳從○○那裡打聽來的嗎？」

米澤　咦！我以爲這段情節是採訪週刊記者問到的。

大崎　不不不，其實以眞實人物爲原型寫出來的內容，經常被批評「很假」。

米澤　確實如此。我不認爲「事實比小說更離奇」，總是會說「事實可以忽略現實感」。〈連峰可否晴朗〉中有個被雷劈中三次的老師，現實中眞的有這樣的人。

大崎　眞的嗎？

米澤　因爲這個系列是我回想學生時代的經歷，從中挑出可用在推理小說上的元素寫成。

大崎　不過，好期待續集。在那之前，老師有其他作品的預定出版嗎？

米澤　十二月號的《Mysteries!》雜誌上會刊登「小市民」系列的短篇。大崎老師呢？

大崎　十一月東京創元社會推出《書本巴士小巡》（本バスめぐりん），是行動圖書館的故事。行動圖書館前往市內商業區、集合住宅區、一般住宅區等地方的連作推理小說。

米澤　聽說，今年是您出道十週年？

大崎　米澤老師是十五週年，對吧？

米澤　我期許自己往後也能兢兢業業地寫出好作品。

大崎　我也是，每一部作品都當成最後一部在寫。因為總是缺少未來的展望，所以希望每次都能從頭細想，認真寫作。

米澤　很期待看到行動圖書館的作品，今天謝謝大崎老師！

大崎梢（Oosaki Kozue）
出生於東京。2006年以《配送小紅帽》出道文壇。除了該系列以外，還有以出版社「千石社」為舞台的《來到少女雜誌的編輯君》、《Clover Rain》等，有許多與書本有關的作品，獲得不少讀者的喜愛。

對米澤穗信的30個提問

作家、聲優、漫畫家篇

提問者

道尾秀介

（Michio Shusuke）作家。二〇〇四年以《背之眼》得到第五屆恐怖懸疑小說大獎，出道文壇。二〇一一年以《月亮與螃蟹》得到直木獎。

▼問題1

請告訴我岐阜的優點。

▲回答

我想不到比其他地方更好的優點，不過有家很好吃的創意中華餐館，可以招待朋友去那裡吃飯。如果有機會去岐阜，請先跟我說一聲。

▼問題2

請回顧出道成為作家到現在的自己，詠一首俳句。

▲回答

俳句？太難了吧！我很不會做俳句，這是看到問題馬上想出的俳句，請將就一下吧。

啊呀安然無恙！昨個兒喝了河豚味噌湯。（註一）

就算今天沒事，也不知道明天會是如何。

▼問題3

這個心理測驗能測出你喜歡的長篇小說書名。

你獨自站在河邊，眼前有一艘只能載一個人的船。望向對岸，有一頭可怕的野狼、一名美女，和一隻鴨子。野狼隨時會攻擊女子，女子情急之下抓起鴨子，想塞進野狼嘴裡。這時，你發現腳邊掉落一本書。撿起一看，似乎是長篇小說。而且，眞是巧啊！那是你最喜愛的作品。那本小說的書名是什麼？

▲回答

《影子》（註二）嗎？

▼問題4

這個心理測驗能以測出你喜愛的女性類型。

你獨自站在山頂，不經意地抬頭一看，遠方有個五彩繽紛的熱氣球。熱氣球上似乎坐著狗、猴子和雉雞。你大聲呼叫他們其中之一，對方回應了某些話，但你聽不清楚。熱氣球慢慢靠近，來到可清楚看見對方身影的距離時，你再一次呼叫狗、猴子或雉雞。你喜歡什麼類型的女人？

▲回答

OK，我知道了。我們下回好好聊一聊吧。狗、猴子和雉雞也一起。不過，謝絕錄音。

註一：俳人芭蕉的作品。

註二：道尾秀介的作品。

從如何構思作品到私人生活，請享用提問者個性特出的Q＆A！

提問者

辻村深月

（Tsujimura Mizuki）作家。二〇〇四年以《時間停止的校舍》得到第三十一屆梅菲斯特獎出道。二〇一二年以《沒有鑰匙的夢》得到直木獎。

攝影／澁谷高晴

▼問題5

米澤老師會在搬家、得獎等喜慶時刻，送我蜂蜜蛋糕和銅鑼燒等知名糕點。米澤老師最喜愛的當地特產伴手禮是什麼？

▲回答

我第一個想到的是栗金團，但最近覺得八天堂的奶油麵包也很好吃，妳吃過嗎？

▼問題6

那麼，米澤老師推薦的最佳觀光景點是哪裡？

▲回答

我推薦的這個地點十分普通，真不好意思。不過，還沒上去過伏見稻荷神社山頂的人，相當推薦上去一遊。

▼問題7

米澤老師的外殼極端地厚，很難接納別人，但這種地方深深吸引著我們。我把米澤老師當成朋友，假設米澤老師也當我是朋友，我們是從什麼時候成爲朋友的呢？（這次接到提問的任務，我超開心的。）

▲回答

這、這是什麼話！沒這回事，應該啦。辻村老師也在的某個場子裡，我曾連續被五、六個人說「跟米澤好有距離」，我實在很錯愕！八年前，有一場笠井潔、北山猛邦、辻村深月、米澤穗信的四人對談，那應該是我們第一次見面。那時候我對辻村老師的印象確實是「因工作而同席的作家」，後來漸漸熟了起來。辻村老師總是關照著平常宅在家裡，或是一個人外出的我，我覺得十分開心。

▼問題8

看起來穩健踏實的米澤老師，最揮霍的一次是買什麼？

▲回答

美國夢基金……

▼問題9

請回答在藤子・F・不二雄的漫畫《哆啦A夢》裡，想要的兩個道具。

▲回答

端看用法，什麼願望都能實現的萬用型道具算是犯規。時光機、任意門、謊言800那些我就自己跳過……啊，這會暴露出我的願望，好可怕的問題。我想想，我要用時光布和適應燈舒舒服服地過日子（適應燈應該是冷暖皆可用吧？）

提問者

谷川流

（Tanigawa Nagaru）作家。二〇〇三年以《涼宮春日的憂鬱》得到第八屆Sneaker大獎首獎，出道文壇。其他著作有《逃離學校！》等。

▼問題10

先不管是不是推理小說，單純以文字來看，老師覺得自己的小說文體受到哪些作家的影響嗎？如果有的話，可複數作答。

▲回答

泡坂妻夫。不過，泡坂老師那枯淡的境地距離我太遙遠了。敘述中完全沒有提到任何一名角色的內心狀態，卻能深刻感受到他們的心境，簡直是神乎其技。在這層意義上，與其說是受到影響，或許更接近嚮往。

我抄寫過連城三紀彥的文章，想要模仿，但完全沒用。久生十蘭和山田風太郎的文章也是，每次讀都希望自己擁有那種風格，但一樣不可能吧。即使撇開底子不談，類型也截然不同。

雖然想到文體和我意外相似的作家，但說出來未免太自抬身價，下次再偷偷告訴你吧。文體真的很有意思，怎麼鑽研都不厭倦。

▼問題11

米澤老師從懂事到現在，一定讀過許多作品，可以說說讓你打從心底發笑的、特別有趣的小說前三名或前五名嗎？當然不限於推理小說。

▲回答

小時候，沒什麼內容的作品也能讓我發笑，但現在是不是一樣覺得好笑就……真是太慘了。更重要的是，我早就不記得書名了。

說到笑話，我記得一個，是關於校稿方面的，應該是サルトル（沙特）的地方居然變成サル（猴子）。忘記是哪一本作品了，不過之前讀到的《增補版　誤植讀本》中也被拿來當成例子，我很懷念。

雖然不限推理小說，但我想到的是推理小說，柏克萊（Anthony Berkeley Cox）的《頂樓謀殺案》（*Top Storey Murder*）。柏克萊有時候會寫出調侃「推理小說看太多的人」的內容，《頂樓謀殺案》是最有趣的。

故事情節會讓我發笑的，有辛尼亞克（Pierre Siniac）的《蒼白的女人》（*Femmes Blafardes*）。不是一段文字或一個場面，而是整個情節就是搞笑哏，非常厲害。作品角色沒有一個人踩煞車，後半我笑翻了。

還有最近出版的作品，威爾斯（Herbert George Wells）的短篇集《失竊的芽孢桿菌／我的第一架飛機》（*The Stolen Bacillus/My First Aeroplane*）也讓我笑開懷。雖然有許多地方是想嘲諷世態、嗤之以鼻，反倒顯得裝腔作勢，但我記得這本書讀得相當愉快。

▼問題12

我有時候會妄想，如果卡爾（John Dickson Carr）活在現代，肯定會運用最尖端的科技，創造出許多驚天動地的密室詭計。如果能讓一名推理作家復活，寫下一部作品，米澤老師會召喚誰的靈魂？請告訴我理由。

▲回答

我想看卡爾如何將歷史學的發展融入作品。

我仔細思考了一下，不過愈想愈覺得，即使召喚出一直創作到壽終正寢的作家靈魂，也無法讓他們寫出讀者千呼萬喚的作品。既然如此，我想召喚壯志未酬身先死的作家。雖然故人可能會覺得受到打擾吧……

這麼一想，我選擇的是渡邊溫和北森鴻。

▼問題13

米澤老師寫過許多重視「最後的一擊」的作品，要讓這一擊效果十足，需要的是什麼？情節、詭計、邏輯、演出、炫技等等，有各種構成要素，大概就好，請告訴我比重吧！譬如，創意六〇%、邏輯性三〇%、筆力一〇%之類。

▲回答

這樣說好像推翻前提，實在不好意思，不過其實我並不太重視「最後的一擊」。如果只重視驚奇，小說會變成驚奇盒。雖然完全沒有驚奇，作爲推理小說有點寂寞。若說我有許多類似「最後的一擊」的作品，應該是因爲我喜歡把該寫的東西都寫完，瀟灑落幕的感覺。

回到你的問題，最近我從綾辻老師那裡聽到了答案，於是受到影響。也就是必須引人入勝。如此一來，即使是容易抱持「不管誰是凶手我都不會驚訝啦」的心態閱讀的推理讀者，也能帶給他們強烈的印象（參考一一四頁）。我覺得這話很有道理。

▼問題14

讀愈多推理小說，愈覺得普通的本格推理不夠味，會想追求更意外的凶手、更詭奇的邏輯、更離譜的詭計，渴望更生猛火爆的刺激，於是投奔變格、後設或反推理小說等強烈藥物，最後繞一大圈，又回歸正統的本格推理。我似乎陷入這樣的輪迴，米澤老師認爲推理小說這個類型，往後是否有發生戲劇性質變的可能性？

▲回答

糟了，這在前一個問題回答掉一點點了。推理小說的質變啊……感覺會有局部性的變化。一定會有人想出前所未見的手法之類。不過，即使有可能一時蔚爲風潮，也不會從根本改變整個推理小說領域。

嶄新的手法，應該是以閱讀推理小說爲前提，在與讀者的共犯結構中才可能成立。我個人覺得這樣挺有趣，也實際寫過（不是「嶄新」，而是「與讀者的共犯結構」這部分）。不過，那些都不是主軸。我認爲是基礎夠穩固，才能偶爾亮出來的、用「套路」來遊玩的變形。

提問者 谷川流

其實，我應該是希望推理小說仍屬於小說，或者說，雖然使用推理小說的手法，但更追求作爲小說的完成度。因此，我不願意以對讀者要求共感「推理小說就是這樣，對吧？」爲前提（雖然我喜歡推理小說）。所以，我並不渴望推理小說在持續進行內部深化之後，出現戲劇性的質變。

咦，問題是有沒有質變的可能性？我怎麼回答成是不是希望質變了？不好意思。

▼問題15

這不是問題，比較接近求助。年紀愈大，我發現只相信性善說實在難以在這個社會生存，如果知道什麼能無憂無慮地過活的祕訣，請務必指點一下。當然，並不是說我認爲米澤老師是個無憂無慮的人。

▲回答

想想人必有一死就行了吧？還是不行？

提問者

賀東招二

（Gato Shouji）負責《冰菓》電視動畫版的系列構成。為《驚爆危機》及《涼宮春日的憂鬱》的腳本家。

攝影—YUJI HONGO

▼問題16

好久不見！我是把動畫版《冰菓》的千反田愛瑠變成巨乳的主犯賀東，請問老師眞實的感想是什麼？老師會恨我嗎？還是其實也還好？請老師誠實作答。端看老師怎麼回答，我考慮到處宣傳「米澤喜歡巨乳（或貧乳）」。

▲回答

由於設定上的需要，伊原摩耶花的形象已定下來，因此作爲對比，千反田的形象如此處理，我認爲完全符合編劇的邏輯。

▼問題17

失禮了。對了，老師最近過得如何？一切都好嗎？有沒有遇到什麼討厭的事？

▲回答

還算好，但總覺得從八月底開始，就陷入一種工作樣樣卡的節奏。收到ＰＤＦ校樣稿，印表機就故障；收到的郵件少了附檔；用ＦＡＸ寄出的文件必須再次確認；想要寄回校樣，卻找不到黏信封的漿糊；想喝咖啡歐蕾，卻只剩優格沒有牛奶。遇到一堆事情都卡著瑣碎的「重來」，我很渴望一句「ＯＫ了」就能解決工作。雖然大概是在處理實務細節時太馬虎了吧。

▼問題18

那樣眞的很討厭。對了，米澤老師的推特頭像是狸貓，有什麼由來嗎？

▲回答

咦，那是鳥耶……

不，那個呢，是指鹿爲馬的測驗！誰敢說是鹿就殺了他！是啦，那是狸貓！理由是因爲我喜歡狸貓！

▼問題19

原來如此，謝謝老師。還有，去年配音後常去的四谷十字路口的銀章魚燒（銀だこ）關了，眞傷心。請對銀章魚燒發表一句感言。

▲回答

配音工作是在即將進入炎熱時期進行的，所以我沒在四谷吃過銀章魚燒……如果是寒冷的季節，我就一定會去！

雖然有人不喜歡銀章魚燒那種脆脆的外皮，但我挺喜歡。不過，我也喜歡軟呼呼的章魚燒。沾高湯的也喜歡。醬汁或醬油味也都喜歡。有沒有青海苔都喜歡。

我喜歡章魚燒。

▼問題20

辛苦老師了，下次在角川的感謝會上再慢慢聊吧！

▲回答

好的。我會把第一次見面時提到的短篇集帶去，再請賀東老師替我簽名。

你知道的，就是那本書喔！

提問者 佐藤聰美

（Sato Satomi）聲優。在電視動畫版《冰菓》中為千反田愛瑠配音。其他配音過的角色還有《K－ON！輕音部》的田井中律，在各領域廣為活躍。

▼問題21

請告訴我《冰菓》這部作品誕生的來龍去脈。（像是什麼時候、在做什麼的時候、如何發想的等等。）

▲回答

前身是我學生時代的練習作。

由於接觸到「日常之謎」這種推理小說的手法，我忽然想自己試試，便寫了幾個以大學生爲主角的短篇，發現似乎頗適合我，於是拿去投稿參加小說獎。當時基於一些想法，把人物設定從大學生改爲高中生，就成了《冰菓》。

▼問題22

請告訴我看過電視動畫《冰菓》之後的感想，或是特別有印象的場面。

▲回答

寫小說時，我不會明確地想像角色的長相，多半是一個模糊的影子，因此看到動畫中角色的模樣，驚奇的程度，連自己都感到意外。

特別有印象，或是喜歡的集數，是〈心裡有數的人〉和〈連峰可否晴朗〉。前者是我本來就喜歡密室推理劇，所以滿懷期待地觀賞。後者因爲原作滿短的，也許是時間上較有餘裕，在感情描繪上細膩許多。

▼問題23

在老師的心中，千反田愛瑠是怎樣的存在？

▲回答

我很好奇！

哈哈，在工作會議上，如果我說「這很讓人好奇」，明明是非常普通的一句話，卻經常被反問：「千反田嗎？」連我都這樣了，佐藤小姐應該更常遇到這種情形吧。

在目前面世的拙作中，千反田是交情最長的一個角色。不過坦白說，到現在我對她仍有摸不透的地方。我大概知道她會爲什麼事情開心或悲傷，但內心最深處究竟該如何去剖析，其實尚未徹底掌握。

我想約莫是「古籍研究社」系列，幾乎都以折木的視角來寫的緣故。因爲對折木來說，千反田依然是個神祕的存在。

▼問題24

如果要用動物比喻老師，您覺得是什麼？

▲回答

唔……唔……我曾希望自己能像狐狸或狸貓那樣迷惑人。討厭的東西有一樣和貓重疊。

▼問題25

請告訴我老師喜歡的地點！（不管是具體的地名、店名，或是喜歡哪種氣氛的地方都可以！）

▲回答

我喜歡有深厚文化氣息的地方。有點難形容，看著數百年來都有人居住，在各處留下各種歲月痕跡的景色，十分愉快。

還有西洋樓房。啊，可是我也喜歡和式建築……喜歡的地方很多。

提問者

タスクオーナ

（Tasuku Ona）漫畫家。正在《月刊少年Ace》連載《冰菓》漫畫版。

▼問題26

除了人類以外，老師喜歡哪種生物？老師有養寵物嗎？

▲回答

我沒有養寵物。以前家裡養過文鳥。

喜歡的生物……想不到耶。至今爲止的生活中，都沒什麼動物的影子。

▼問題27

創作故事的時候，腦中會浮現文章嗎？還是，會浮現影像？

▲回答

這個很清楚，是文章。

我會從文章來發想，然後用影像確認是否過多過少、有無矛盾之處，大概是這種感覺。

▼問題28

老師有沒有「總有一天想去看看」的地方？

▲回答

鳥取的投入堂、柳川的「御花」，也想去看愛媛的肱川嵐。

比起去過的地方，想去的地方增加得更快，所以清單愈來愈長。

▼問題29

寫作遇到瓶頸的時候，有什麼固定的儀式或放鬆的方式嗎？請告訴我。

▲回答

晚上出門散步。我會想著犯人是誰、犯案的順序等危險的內容，四處遊蕩。

▼問題30

請告訴我喜歡的歷史人物前三名。

▲回答

唔唔唔，這個問題好難。說「喜歡」可能有點不一樣，請讓我回答現在感興趣的人物吧！

俊寬（註一）、宇喜多秀家（註二）和崇德院（註三）。

註一：日本平安時代後期的真言宗僧侶。

註二：日本戰國時代的大名（諸侯）。

註三：日本第七十五代天皇。

祕藏「古籍研究社」大辭典

系列已進展到第六集，熱鬧建構出「古籍研究社」的世界。為了復習生動精彩的故事，首次公開「古籍研究社」之父米澤老師也會參考的寫作資料！分為四大類精選介紹。

※涉及小說關鍵情節，請小心爆雷！

文／八木村都

社團

★神山高中的學生放學後的社團活動。傳統上，神山高中文組的社團盛行，數量多達五十個以上。活動時間主要爲放學後。最多可同時參加兩個社團，隨時皆可入社和退社，但入社的時候，必須經過體驗入社和正式入社兩個階段。體驗入社後，若未繳交正式入社申請書，則自動以退社論。

■無伴奏合唱社／人聲音樂社

實力堅強，經常受邀到神山市各種活動表演。二〇〇〇年度的社辦是專科大樓四樓，但一般都在中庭練習。暑假期間，也在神山高中的中庭練習，與合唱社互別苗頭，宛如歌唱大賽。文化祭時，無伴奏合唱社的「AQUARIUS動元素」運動飲料消失了一瓶，爲怪盜「十文字」的連續竊案拉開序幕。「（他們）是不是事前在各處排練，才找到音效最好的地點呢？這讓我有些好奇。」（千反田談）

■圍棋社

谷惟之是社員之一。神山高中文化祭時，在第二預備教室舉辦初學者指導講座。文化祭第一天，被怪盜「十文字」偷走了棋石（石頭）。社團簡介活動時，在體育館的舞台上下棋，但因爲沒有解說用的大盤，底下的觀眾根本看不到棋步，目擊者說當時氣氛之尷尬，簡直就像時間凍結了一樣。

■占卜研究社

社長兼社員爲十文字香穗，簡稱「占卜研」。文化祭時，在帳篷裡提供水晶球占卜、筮竹占卜、紙牌占卜、咖啡占卜，遭怪盜「十文字」偷走了塔羅牌「命運之輪」。在社團簡介活動時，十文字香穗解說卡巴拉的歷史。

■園藝社

在文化祭時烤地瓜。由於會用到火，準備了滅火用的水槍。二年級社員拿的水槍，主兵器是AK，副兵器是葛洛克17。第二天葛洛克17交到折木奉太郎手上，AK被怪盜「十文字」偷走。

■開運同好會

比占卜研究社更受歡迎。

■御料理研究社

社辦在料理實習室，簡稱御料理研。原本的「料理研究社」出了一些醜聞而廢社，改名爲「御料理研究社」後重新出發。文化祭第二天，在操場上舉行「野火料理大對決」活動。活動即將開始前，經伊原指出，發現湯杓遭怪盜「十文字」偷走。四月的社團招生活動時，在贏新祭中以招待山菜料理作爲宣傳。

■壁報社

社辦在專科大樓三樓的生物教室，以及隔壁的生物教具室，社長爲遠垣內將司。活動內容爲編輯、發行神山高中的三份報紙（《神高月報》、《神高學生會報》、《清流》）當中歷史最悠久的《神高月報》。《神高月報》除了八月和十二月以外，每月發行，於二〇〇〇年七月的現在，即將發行第四〇〇期。現存的舊刊約有全部的一半左右，保存在圖書室的書庫。公布地點在校舍門口前。

文化祭期間，每隔兩小時推出一期號外，張貼在全校的布告欄。報導的題材已預先決定，但從文化祭第二天中午左右，版面變得有點空蕩蕩。每一名社員都有手機。文化祭第二天，所有社員都離開社辦去採訪新聞的空檔，怪盜「十文字」偷走了美工刀。

■**魔術社**

社長為田山和哉，社員為高村洋一、長井香。文化祭期間，第一天11:30起於體育館舞台進行公演，接下來在二年D班進行近距離魔術表演。教室裡的表演內容包括「活死人」（死靈球）→「七色環」（七連環）→「神出鬼沒」→「近距離紙牌魔術」→「杯與球」（Cup and Ball）。第二天14:30魔術社進行第五次公演時，遭怪盜「十文字」偷走蠟燭。

■**猜謎研究社**

文化祭第一天，13:00在操場司令台前舉行「超級猜謎大挑戰7」。社長講話口齒不清，但負責主持的女社員咬字清晰，並且能臨場發揮，精彩地主持活動。

■**全球行動社**

國際義工社團。活動內容為捐贈舊衣等。文化祭時，在三年E班教室以壁板展覽的方式介紹民族料理。未向總務委員會報備，即製作玉蜀黍麵包分送給參觀者食用。

■**輕音樂社**

二〇〇〇年度的社辦在專科大樓四樓，有時會借用大廳舉行演唱會。暑假期間練習的曲子是〈The March Of The Black Queen〉。文化祭時，包下武術道場表演三天。最後一天的上午遭怪盜「十文字」偷走了弦。

■**工藝社**

情人節的放學後，一年級社員想要在公布欄張貼「工藝社畢業展展場：1—C教室」的海報。

■**古籍研究社**

擁有超過三十年歷史的社團，社刊為一九六七年創刊的《冰菓》。連續三年無人入社，現有社員在二〇〇〇年三月畢業後，社員人數將會歸零，陷入廢社危機，但成功招攬到隔年四月入學的一年級生為社員，復活為正式社團。社辦原本是生物教室，在一九九九年變更為地科教室。四名社員分別為折木奉太郎、千反田愛瑠（社長）、福部里志、伊原摩耶花。顧問為大出老師。據校友折木供惠說，「古籍研究社的文化祭沒有一次是風平浪靜地結束」。事實上，二〇〇〇年的文化祭時，社刊《冰菓》出了差錯，印製多達兩百本。文化祭的最後一天下午，被怪盜「十文字」偷走校畢原稿。社團簡介活動時，福部里志在體育館的舞台上進行宣傳。贏新祭時，千反田愛瑠和折木奉太郎在中庭的十七號攤位進行招生。二〇〇一年度，大日向友子體驗入社。

■**攝影社**

社辦在化學準備室，附設暗室。鳥羽麻美為社員。文化祭時，在三年G班教室進行展覽。

■**手工藝社**

福部里志是社員。公布欄上的社團招生海報是圓形的，簡單的宣傳文案「要不要加入手工藝社呀？」底下，貼著正在編織東西的熊貓刺繡，千反田愛瑠非常喜歡。

■**製菓研究社/糕點研究社**

文化祭時，基本活動是在料理室前販賣糕點，社員也會戴上南瓜頭，身上披白布，拎著裝糕點的籃子四處推銷。販賣的糕點包括鹹甜餅乾和泡芙。餅乾一袋一〇〇圓。文化祭第二天拜訪古籍研究社社辦，用兩袋餅乾和麵包、水槍，跟折木奉太郎以物易物，交換了社刊《冰菓》。贏新祭時，攤位就在古籍研究社正對面，端出餅乾和紅茶來招生。

■**天文社**

澤木口美崎是社員。社辦在專科大樓四樓的第五公共教室（古籍研究社再隔一間教室的鄰居）。文化祭第二天，在御料理研究社主辦的「野火料理大對決」中，組成「天文社隊」參賽，端出的前衛料理，擔任評審委員的御料理研社長評曰「一腳踏進棺材了」。情人節當天放學後，社辦裡的五名社員在玩TRPG。贏新祭時，積極地向路過的一年級生招生，話術是「天文社！天文社在這裡！我們最喜歡星星！Love Planet！只不過原則上我們是不看天空的啦。」

■**鋼琴社**

社長兼社員為多丸潤子。文化祭時，並未刊登在《KANYA祭指南》的參加團體名單中，有廢社的可能性？

■**服裝研究社**

簡稱「服裝研」。文化祭時，第一天在服裝室舉辦服裝秀，並招募模特兒，男社員在古籍研究社社辦買了一本《冰菓》。當時以服裝秀的貴賓入場牌，交換了折木奉太郎壞掉的鋼筆。

■**廣播社**

社長為吉野康邦。文化祭時，從第一天到最後一天的三天之間，每天12:30開始，透過校內廣播傳達最新消息。介紹了猜謎研究社的活動「超級猜謎大挑戰7」、爲了御料理研究社的活動「野火料理大對決」訪談社長，並針對「十文字」事件訪談了古籍研究社社長千反田愛瑠。

■**漫畫研究社**

社辦在普通大樓二樓的第一預備教室。社長是湯淺尚子→羽仁眞紀。社員有河內亞也子和伊原摩耶花等人。社員近二十名，女生占了多數。文化祭時，發售刊登古今漫畫一百部評論的社刊《世阿彌's》，免費分發社員的作品。在河內亞也子的提議下，守在社辦負責攬客銷售的社員（約五名）在文化祭期間進行COSPLAY（已向總務委員會申請便服上學許可）。第一天下午，舉行「少女戰爭in漫研　漫畫論火熱激辯中（殭屍VS兩性體）」，由河內亞也子與伊原摩耶花現場進行大論戰。第二天則是名爲「無敵神速！海報製作生死鬥！　漫畫研究社數一數二的兩大高手全力競演（超能力者VS武鬥家）」的海報製作現場展演。伊原摩耶花畫主線，河內亞也子上色，其他幾人負責用墊板搧風吹乾，在上午約兩個半小時之間，完成五張全身畫、八張臉部畫。二月的時候，處於小內鬩狀態。潛在的對立自文化祭以後浮上檯面，分爲印象派和理性派兩派，爭奪主導權。

■**棒球隊**

練習場地在操場，好像很弱。

■**落語研究社**

不研究落語，而是表演漫才搞笑。文化祭時，第一天9:00在體育館舞台上表演漫才，內容爲吃完壽司準備回家，哥哥卻遲遲不肯開車出發，理由是……？笑點很低的福部里志哈哈大笑。

食物

■**甜蝦生魚片**

千反田愛瑠在文化祭的活動「野火料理大對決」中端出來的菜色。去掉甜蝦頭並剝殼，搭配白蘿蔔細絲，調製芥末醬油，完成。

■**甜酒釀**

新年期間，荒楠神社境內招待的飲料。調開酒粕，添加甜味。晚上神社的打工人員不小心打翻了鍋子，導致必須重煮。

■**甜醋蘘荷白蘿蔔卷**

千反田愛瑠在文化祭的活動「野火料理大對決」中端出來的菜色。以切成薄片的白蘿蔔包裹長蔥的蔥綠及甜醋蘘荷而成。接下福部里志的棒子後著手製作的第一道菜色，兩分鐘即完成。

■**馬鈴薯餅**

千反田愛瑠在文化祭的活動「野火料理大對決」中端出來的菜色。將削皮後切塊的馬鈴薯煮過，加入太白粉一起磨成泥，再用布包裹起來捏成一口大小，燙過即完成。沾醬油食用，涼了也一樣美味。是福部里志喜歡的一道菜。

■**威士忌酒糖巧克力**

裝在漂亮小盒子裡的糖果。千反田家以前購買中元禮盒的糕餅店送的試吃新產品（千反田家的人不常吃甜食，所以千反田愛瑠帶到古籍研究社來）。一盒約二十顆，尺寸頗大，每一顆都以包裝紙包起來，咬開有杏仁和威士忌的濃香。折木奉太郎吃了兩顆，千反田愛瑠吃了七顆，福部里志吃了兩顆，伊丹摩耶花吃了一顆。吃完後，千反田酒醉而變得興高采烈，不一會，突然搖搖晃晃，趴到桌上睡著了，隔天因爲宿醉沒去古籍研究社。

■**維也納可可**

千反田愛瑠在咖啡店「鳳梨三明治」點的飲料。折木奉太郎看到上面如小山般的鮮奶油的量，懷疑千反田愛瑠其實是甜食掛。

■**雲南茶**

折木奉太郎在茶店「一二三」點的飲料。

■**壽司**

①文化祭中，落語研究社的漫才題目。和哥哥上高級餐廳，在包廂吃壽司，回程上了車，哥哥卻遲遲不開車出發，理由是……是這樣的內容。

②文化祭結束後，在古籍研究社的慶功宴上提及。閉幕典禮結束後，在古籍研究社社辦（地科教室）集合的四名社員，爲了慶祝文化祭結束以及社刊《冰菓》銷售一空，決定開場慶功宴。千反田愛瑠招待社員到家裡，提議叫壽司。

■**飯糰**

①社刊《冰菓》的編輯會議結束後，福部里志在古籍研究社社辦吃了飯糰。

②暑假期間，快到和入須冬實約好的時間前，折木奉太郎在古籍研究社社辦狼吞虎嚥地吃了一顆薑味海瓜子飯糰。

■**便當**

①折木奉太郎的超商便當。社刊

《冰菓》的編輯會議結束後的中午，折木奉太郎拿出預先買好的超商便當。價格不到四百圓。

②折木奉太郎的便當。文化祭第二天早上，姊姊折木供惠爲他做的異國風便當，菜色有優格煎雞肉、香料煮大豆、印尼炒飯。

③千反田愛瑠的便當。社刊《冰菓》的編輯會議結束後的中午，千反田愛瑠發出「啵」的脫力聲響，打開便當盒的蓋子。便當盒雖小，但量還塡得飽肚子，內容有款冬莖、煎蛋和絞肉。

④伊原摩耶花的便當。她有時候會帶自己做的便當。福部里志知道這件事。

⑤大日向友子的便當。大日向友子有時候會和福部里志的妹妹一起吃便當。

■海鮮天婦羅丼

伊原摩耶花在文化祭的活動「野火料理大對決」中端出來的菜色。將麵粉倒進大碗，注入清水，放入冰塊。加入切好的長蔥、洋蔥薄片、甜蝦頭攪拌，以熱油炸過，蓋在大碗公的白飯上，放上白蘿蔔泥，淋上以醬油和味醂調好的醬汁便完成。熱呼呼的十分美味。在炸料的時候找不到湯杓，磨蹭了一下，導致炸的時間不足，伊原摩耶花很不甘心。

■南瓜

①南瓜頭套。文化祭時，以推銷爲名，兩名四處強迫販賣糕點的糕點研究社女學生戴的頭套。或許是重心太高，跑走的時候顯得有點東倒西歪。

②用來解除緊張的想像。千反田愛瑠以來賓的身分參加廣播社校內廣播節目，爲了消除緊張，把眼前的對象當成南瓜。千反田家也有種南瓜，因此容易想像。

③南瓜。贏新祭時，裝飾在糕點研究社的桌上。是將近一人環抱尺寸的美國種南瓜，橘色。千反田愛瑠說神山市沒有農家種植。

■義性豆腐

千反田愛瑠在文化祭的活動「野火料理大對決」中端出來的菜色。用布巾包起豆腐擰掉水分，放入研磨缽，撒上鹽巴和砂糖。在平底鍋用油炒黑芝麻，鋪滿磨碎的豆腐，煎過兩面之後取出，以菜刀劃刀痕，完成。砂糖焦甜的氣味與炒芝麻的香氣教人無法抵抗。涼了也一樣好吃。

■餅乾

贏新祭上，糕點研究社拿出來和紅茶一起免費招待的手工點心。裡面似乎摻有吃下去就會想入社的神祕藥物。

■紅茶

①情人節回家的路上，福部里志要折木奉太郎請客的飲料。

②贏新祭中，糕點研究社拿出來和餅乾一起免費招待的飲料。裝在保溫瓶裡，倒入紙杯提供。看著這一幕說話的折木奉太郎，被千反田愛瑠發現他從來沒親手泡過紅茶。

■咖啡

①折木奉太郎在咖啡店「鳳梨三明治」點的熱咖啡。是酸味重的熱吉力馬札羅咖啡。

②進入暑假的七月底，折木奉太郎在平常的自動販賣機買的罐裝黑咖啡。騎自行車前往神山高中與福部里志會合的路上，小歇片刻。

③在古籍研究社社辦召開會議的時候，折木奉太郎妄想的熱咖啡……「最想在有冷氣的咖啡店喝著酸味重的黑咖啡」。

④二月某天放學後，折木奉太郎在電玩遊樂場讓福部里志請客的罐裝咖啡。但折木奉太郎怕燙，小口小口啜飲。是熱的黑咖啡。

⑤生日當天，在上午起床的折木奉太郎在自家廚房泡的咖啡。折木奉太郎不想離開沙發，又想按下招財貓的手，正在奮力掙扎，卻收到折木供惠的命令，只好無奈地前往廚房煮水。但折木供惠一口也沒喝就出門了。

⑥生日當天，身爲主賓的折木奉太郎端出來招待客人的咖啡。生日會因爲來到家裡的千反田愛瑠、福部里志、伊原摩耶花、大日向友子等人而熱鬧滾滾，蛋糕登場。折木奉太郎提議喝咖啡或咖啡歐蕾，眾人贊成，於是到廚房煮水。由於客人突然上門，沒有準備，所以是即溶咖啡。

⑦大日向友子表哥開的咖啡店裡的特調咖啡。眾人一起喝了老闆推薦的特調。折木奉太郎自認滿喜歡喝咖啡的，卻無法品嘗出有多「美妙」。

⑧伊原摩耶花在霧生的咖啡店點的咖啡。到美術社買完東西後，伊原摩耶花去了咖啡店，點了咖啡和檸檬蛋糕。喝完一口，加了一顆方糖再喝，卻甜得要命，她嚇了一跳。

■麵粉/低筋麵粉

文化祭時，折木奉太郎以「稻草交易」方式得到的食材。裝在黃色的小紙袋裡。文化祭第二天，成爲「野火料理大對決」中「古籍研究社隊」的救世主。

■司康餅

在大日向友子的表哥即將開張的咖啡店受招待的糕點。折木奉太郎、福部里志、伊原摩耶花以試吃員身分拜訪，大日向友子請他們點咖啡以外的甜點，店長端出來的糕點。可以選擇喜歡的果醬和生乳酪，折木奉太郎選了草莓果醬和原味生乳酪，福部里志選了柑橘果醬和馬士卡彭生乳酪，伊原摩耶花選了柑橘果醬和原味生乳酪，大日向友子選了草莓果醬和馬士卡彭生乳酪。參加親戚的喜壽宴會而遲來的千反田愛瑠沒有吃到。

■麵糰子湯

新年期間荒楠神社境內免費提供的食物。晚上神社的打工人員打翻了鍋子，導致必須重煮。

■起司熱狗堡

加入起司的點心。出現在觀賞班級自行拍攝的電影時，福部里志的感想中。「沒錯，等一下就會出事。我可以跟你賭一客起司熱狗堡。」

■薩摩脆片

薩摩蕃薯製成的薯片，盒裝。盒蓋寫著「鹿兒島名點」、「ＪＡ鹿兒島」。酥脆的口感，淡淡的甜味。是大日向友子去福岡參加喜歡的歌手演唱會時買的。放學後，在古籍研究社拿出來請大家吃。

■玉蜀黍麵包

墨西哥民族料理。文化祭時，全球行動社以壁板介紹「你也可以動手做的玉蜀黍麵包（墨西哥）」。沒向總務委員會報備，就自行製作分發給參觀者。

■印尼炒飯

炒飯料理。文化祭第二天，折木奉太郎的午飯便當裡的菜色之一。姊姊折木供惠所準備。米用的是長米種。

■夏橙果醬

雛偶祭隔天，千反田愛瑠去探望感冒的折木奉太郎時帶的禮物，是高級果醬專賣店「Mille Fleur」的商品。千反田說加進紅茶裡喝能舒緩感冒症狀，但折木奉太郎不太喝紅茶，於是以茶匙挖進小缽子裡，直接舔著吃。在折木奉太郎家舉辦慶生會時，折木奉太郎從冰箱裡取出，搭配福部里志帶來的餅乾食用。

■披薩

折木奉太郎的慶生會時，折木奉太郎客氣地提議「叫披薩來吃如何？」但伊原摩耶花討厭起司的氣味，最後沒叫外送。

■餅乾

①折木奉太郎以物易物，換來糕點研的手作點心。一袋一〇〇圓。文化祭第二天，和出現在古籍研究社社辦的兩名糕點研社員交換。

②福部里志買來的點心。帶去折木奉太郎慶生會的禮物。頗有氣氛的西式餅乾。微鹹。和折木奉太郎從冰箱拿出來的「Mille Fleur」的夏橙果醬的酸味很搭。

■豬肉味噌湯

福部里志在文化祭的活動「野火料理大對決」中端出來的菜色。煮水的期間，將長蔥切成蔥花，小魚乾去掉頭和內藏，煮成高湯，白蘿蔔切成四分之一圓片。撈掉小魚乾，放入長蔥、白蘿蔔和豬肉絲，將白味噌調進湯裡，完成。食用之前再重新加熱。

■起司蛋糕

溫泉民宿「青山莊」第一天晚飯後的甜點。伊原摩耶花的親戚女兒善名梨繪親手烘烤。雖然伊原摩耶花討厭起司，但做成起司蛋糕就沒關係。

■培根麵包

文化祭第二天伊原摩耶花的午飯，是從福利社買來的。她是一塊塊撕下來食用。

■抹茶

入須冬實在茶店「一二三」點的飲料。附茶點。

■抹茶牛奶

利樂包裝。神山高中的福利社販售。千反田愛瑠說「最近迷上」而喝的飲料。由於千反田愛瑠應該不能攝取咖啡因，折木奉太郎訝異她怎麼會喝抹茶飲料。

■玉露冷泡茶

折木奉太郎在茶店「一二三」點的飲料。以日式茶杯提供。列在茶單最上方，「價格竟然比一般晚餐還貴」。茶點是味道甜膩的日式點心「最中」。

■御手洗丸子★

①雛偶祭結束後，完成重責大任的折木奉太郎和福部里志及伊原摩耶花會合，在水梨神社的角落食用。

②荒楠神社的參道旁的丸子店，以一串八十圓的價格販賣。星之谷盃近尾聲時，折木奉太郎想吃，但大日向友子指出萬一甜醬沾到衣服會很難清理，因而放棄，改點艾草丸子。

★譯註：刷上甜醬油烤的糯米丸子串。

■最中★
折木奉太郎在茶店「一二三」點的玉露冷泡茶附送的茶點。以竹籤插起來食用。放進嘴裡，可以感覺到明顯的甜味。

★譯註：最中是一種日式糕點，以薄糯米皮包裹紅豆餡製成。

■烤地瓜
文化祭時，園藝社分發的食物。因爲要用火，必須準備滅火的水，但社員覺得用水桶太無趣，帶了小型水槍來。

■艾草丸子
星之谷盃近尾聲時，折木奉太郎和大日向友子一起吃的食物。在荒楠神社的參道旁的丸子店販賣，一串（五顆丸子）八十圓，有御手洗和艾草兩種口味。折木奉太郎和大日向友子共點三串，坐在店前坐檯上吃了起來。

■蕨菜味噌湯
御料理研究社原本計畫在贏新祭上免費提供的料理。

物品

■束口袋
①福部里志隨身攜帶的物品。雛偶祭時帶的是麻布製。袋裡多半是裝文具，其他還有釘書機、養樂多、九連環、口香糖、圖書室借的書、手工巧克力、立可拍等。
②千反田愛瑠在新年時攜帶的袋子。淺紫色，布面以金色絲線繡著彩球圖樣。以下方尾端被繩子綁住的狀態，掉落在荒楠神社的儲物間附近被找到，當成失物送到顧店的伊原摩耶花那裡。

■手機
折木奉太郎和千反田愛瑠沒有手機。折木奉太郎不持有手機的理由，是因爲「錢包空空」。

■錢包
①千反田愛瑠的錢包是皮製。
②折木奉太郎的錢包是牛仔布面的雙摺短夾。有放紙鈔、零錢和卡片的隔層，附錢包鍊。新年晚間，被關在荒楠神社儲物間的折木奉太郎抽掉內容物，綁上剛抽到的「凶」的籤紙，從儲物間的隙縫丟出外面。

■簽字筆
雛偶祭結束當天的下午，千反田愛瑠從口袋裡取出的筆。是取下筆蓋書寫的款式。對打電話到中川工務店更改工程日期的犯人心裡有數的折木奉太郎和千反田愛瑠，用簽字筆在對方的手心寫下該名人物的名字，數「一、二、三」後，同時亮出答案。

■側背包
折木奉太郎的背包。通常是搭在肩上，或騎自行車時揹著。以拉鍊開關。

■立可拍
福部里志帶來拍攝雛偶祭遊行隊伍的相機。由於上午要補課，本來以爲會趕不上祭典，但考慮到萬一，還是放進束口袋裡，結果雛偶祭因路線變更而延後開始，成功拍到隊伍。可是沒辦法用最好的工具拍攝，福部里志仍有些不滿。

■手帕
①伊原摩耶花的手帕。文化祭最後一天的上午，在製作海報時，被洗畫筆的水桶水潑到，她從口袋裡掏出手帕按壓衣服。白色的手帕一下子就染成了黃濁色。
②千反田愛瑠的手帕。新年夜晚，千反田愛瑠被關在荒楠神社的儲物間，爲了引起伊原摩耶花的注意，從儲物間隙縫丟到外面。是一條蕾絲花邊的珍珠色手帕。

■越野車
福部里志心愛的腳踏車。左手把用布條纏著補強。

■招財貓
折木家客廳的照明遙控器。折木供惠買回來的東西。嘴角露出奸笑，拿著一枚只寫了個「吉」字的小判（金幣）。內裡原本是空的，手臂以彈簧機關做出招手動作，但折木供惠加以改造，裝進日光燈的遙控器。只要手像在招福一樣搖動，招財貓的眼睛就會射出紅外線光束，點亮或關閉折木家客廳的照明。

■眼鏡
戴眼鏡的人有司書老師糸魚川養子（寫東西的時候）、伊原摩耶花親戚的女兒善名梨繪（無框大眼鏡）、二年F班的杉村二郎（在《萬人的死角》劇中）、二年F班的羽場智博、二年級的田名邊治朗（鏡框秀氣的眼鏡）、十文字香穗（鏡框小小的眼鏡）、魔術社社長田山和哉（無框眼鏡）。

■洋裝
千反田愛瑠常穿的便服款式。和折木奉太郎在咖啡店「鳳梨三明治」與折木奉太郎討論時，穿了一身接近純白的奶油色洋裝。在千反田家進行檢討會時，穿的是嫩綠色洋裝。去民宿「青山莊」

集訓時，第一天和第二天也穿洋裝。

神山市

■鐙岳

神垣內連峰的其中一座山。一九九九年由神山山岳會主辦登山道美化活動，共十一名志工參加，撿拾登山道周圍的垃圾。

■荒楠神社

神山市規模數一數二的古老神社。十文字香穗的家。從折木奉太郎家騎腳踏車一下子就到了。新年夜晚，折木奉太郎和千反田愛瑠約在石鳥居下方碰面。

■入須家

神山名家之一。與千反田家有著通家之好。在神山市經營規模僅次於日本紅十字醫院的綜合醫院戀合醫院。

■印地中學

神山市的中學。千反田愛瑠的母校。

■神社

小神社。文化祭第一天前晚，千反田愛瑠前往參拜。每次碰上煩惱，千反田愛瑠便會來到這座神社祈禱，是她不為人知的習慣，高中入學考時，以及發生「冰菓」事件時，都曾前來祈禱。

■折木家

折木奉太郎生活的家。位在住宅區。為雙層建築，一樓有客廳、廚房，二樓是折木奉太郎和折木供惠的房間。客廳擺著電視、矮桌和沙發，角落有桌上型電腦（折木供惠用舊的）。桌電是折木家的公共網路終端機，但只有折木奉太郎會使用。去荒楠神社騎腳踏車一下子就到了。去神山高中徒步要二十分鐘。去神山市民文化會館，騎腳踏車要十分鐘左右。

■鏑矢中學

神山市的中學。折木奉太郎、福部里志、伊原摩耶花、大日向友子等人的畢業母校。簡稱鏑中。入口有三處，學生用、來賓用及職員用。兩座樓梯其中一座最下階正面的牆壁上，掛有畢業製作「回憶之鏡」。

■神垣內連峰

神山市的山峰。三千公尺級的尖峰綿亙，使得連峰兩側地區的氣候截然不同。代表性的山峰有鐙岳和錣岳。折木供惠攻克過幾座登山入門者爬的二千公尺後半的山。

■神山高中

學生數量不多，占地也不廣的高中。雖然是升學學校，但校方對升學並未特別傾注心力。學生數目在一千名上下徘徊。有許多獨特的社團（水墨畫社、人聲音樂社、古籍研究社等），每年文化祭的盛況名聞遐邇。校區內有三棟大型建築，包括普通教室所在的普通大樓、專科教室所在的專科大樓，以及體育館。普通大樓與專科大樓之間有連接通道。其他還有武術道場和體育器材室。

制服男生是高領，女生是領子和領結是白色的水手服，從胸前徽章看得出年級。暑假期間可穿便服去學校。冬季可添加便服禦寒。

■神山市民文化會館

神山市的文化機關。外牆貼著猶如紅磚的磁磚，共有四層樓。具備大小廳。大廳可容納一千兩百人，小廳可容納四百人。樓中樓迎賓大廳鋪著黑色大理石地磚。服務台有穿著水藍色制服的服務人員。江嶋合唱祭在此舉行。

■神山高商

神山市的商業高中。千反田愛瑠有朋友就讀這裡。舉行文化祭時，曾發生有人私下恐嚇設攤的學生，搶走營收的事。

■神山市立圖書館

神山市的圖書館。可向櫃檯的圖書館員提出要求，請其代為搜尋報紙內容。

■電玩遊樂場

位在商店街一角，理髮店的隔壁。照明亮得刺眼，小型機台全擺在角落，成排映入眼中的都是大型機台。折木奉太郎和福部里志玩的是摸擬機器人對戰的電玩。一次一百圓。

■巧文堂

車站附近的文具店。開了很多年的小店，由一對上了年紀的老夫婦經營。附近有北小學，店裡賣的都是小學生平常會用到的文具。

■光文堂

國道旁的書店。有時也被稱為光文堂書店。

■財前村

以登山口和溫泉聞名的山間村落。從神山市搭巴士要一小時半，山路的終點站。伊原摩耶花的親戚經營的附設溫泉的民宿「青山莊」就在這裡。

■錣岳

神垣內連峰的群山之一。

■商店街
由於有拱頂，折木奉太郎常在雨天繞道經過這裡。有和服店、精品店、理髮店和電玩遊樂場等。從店鋪之間可窺見神山高中的形影。步道鋪有磁磚，通路狹窄，小貨車必須小心翼翼地駛過。

■陣出
神山市東北部一帶。千反田愛瑠家所在的地區。

■丸子店
星之谷盃近尾聲時，折木奉太郎和大日向友子一起吃艾草丸子的店。荒楠神社寬闊的參道旁櫛比鱗次的店家之一。店門前有一把大型和式紙傘，和鋪著毛氈的坐檯，老闆娘是個感覺人很好的老婆婆。

■千反田家
神山名家之一。富農。家族歷史可追溯到江戶時代初期。如今與現任當家夫人（千反田愛瑠的母親）的娘家關谷家有些疏遠。建於遼闊農地之間的宅第，是圍著樹籬的日式平房。松樹修剪得整整齊齊的庭院裡有水池，並非刻意營造卻兼具富麗高雅和風流。玄關口鋪石頭，走廊是木板地。種植的農作物有稻米、南瓜和小麥等。

■停車場
神山高中的腳踏車停車場。位在校舍後方。暑假期間有幾天在整修，禁止騎車到校。

■長久橋
陣出地區的小橋。沿著小河邊的路前進，經過櫻花樹，拐過一處彎道，即是長久橋。橋寬很窄，汽車無法通過。是一座顏色幾乎泛黑的木橋，連柏油也沒鋪。由於老朽，在雛偶祭當天進行了改建工程。

■遠路橋
陣出地區的橋。位於比長久橋更下游處。雛偶祭當天，長久橋因施工而無法通行，遶境隊伍臨時變更路線，改走這座橋。

■楢窪地區
神山市北邊約二十公里處的古丘町，古丘礦山仍在採礦時，有礦坑的地區。神山高中二年F班拍攝電影的取景地點。雖然交通不便，但礦山全盛時期非常繁榮。現已成爲廢坑，但礦山的設備還在運作，歸礦山管理。

■鳳梨三明治
咖啡店。受到千反田愛瑠邀約，折木奉太郎指定碰面的地點。店面雖小，但招牌很顯眼。因爲不會放廣播，店內很安靜，折木奉太郎喜歡店內深褐色基調的雅致裝潢，以及酸味十足的吉力馬札羅咖啡。折木奉太郎表示，「來這間店卻不點咖啡，等於去上野動物園卻不看熊貓」。後來遷走了。

■八幡宮
位在折木奉太郎家附近。很安靜，也有適合坐的石頭。

■伯耆屋
服飾店。千反田愛瑠常去的店。

■水梨神社
位於神山市東北部陣出的神社，與千反田家隔著一條小河的對岸，傍山而建。每年舊曆的雛偶祭，都有女孩打扮成眞人雛偶，領著遊行隊伍遶境整個村落，爲「眞人雛偶祭」。

■米盧．弗露魯（Mille Fleur）
人氣果醬專賣店。很貴但好吃。千反田愛瑠爲了答謝眞人雛偶祭時的幫忙，以及探病，拜訪折木奉太郎家時，帶了這家店的夏橙果醬當禮物。

■戀合醫院
入須家開的綜合醫院。在神山市是規模僅次於日本紅十字醫院的綜合醫院。位於神山高中徒步五分鐘的地方。

米澤穗信與古籍研究社

原著書名　米澤穗信と古典部
原出版社　株式会社KADOKAWA
翻　　譯　王華懋
責任編輯　陳盈竹
行銷企劃　徐慧芬
行銷業務　陳紫晴
版 權 部　吳玲緯
編輯總監　劉麗真
總 經 理　陳逸瑛
榮譽社長　詹宏志
發 行 人　凃玉雲
出　　版　獨步文化
　　　　　城邦文化事業股份有限公司
　　　　　104台北市中山區民生東路二段141號5樓
　　　　　電話：(02) 2500-7696　傳眞：(02) 2500-1967
發　　行　英屬蓋曼群島商家庭傳媒股份有限公司城邦分公司
　　　　　104台北市中山區民生東路二段141號2樓
　　　　　讀者服務專線：(02)2500-7718；2500-7719
　　　　　24小時傳眞服務：(02)2500-1990；2500-1991
　　　　　服務時間：週一至週五　上午09:00～12:00　下午13:00～17:00
　　　　　讀者服務信箱E-mail：service@readingclub.com.tw
　　　　　劃撥帳號：19863813　戶名：書虫股份有限公司
香港發行所　城邦（香港）出版集團有限公司
　　　　　新址：香港灣仔駱克道193號東超商業中心1樓
　　　　　電話：(852) 25086231　傳眞：(852) 25789337
　　　　　E-mail：hkcite@biznetvigator.com
馬新發行所　城邦（馬新）出版集團　Cite(M)Sdn Bhd
　　　　　41, Jalan Radin Anum, Bandar Baru Sri Petaling,
　　　　　57000 Kuala Lumpur, Malaysia.
　　　　　電話：(603) 90578822　傳眞：(603) 90576622
　　　　　email:cite@cite.com.my

封面設計　高偉哲
排　　版　游淑萍
印　　刷　中原造像股份有限公司
初　　版　2021年（民110）9月
定價　299元

ISBN 978-986-5580-82-7（平裝）
ISBN 9789865580834（EPUB）

獨步文化
APEX PRESS

廣　告　回　函
北區郵政管理登記證
台北廣字第000791號
郵資已付，免貼郵票

104台北市民生東路二段 141 號 2 樓

英屬蓋曼群島商家庭傳媒股份有限公司

城邦分公司

請沿虛線對摺，謝謝！

獨步文化
APEX PRESS

書號：1UX013　**書名**：米澤穗信與古籍研究社　**編碼**：

請於此處用膠水黏貼

獨步文化 APEX PRESS

讀者回函卡

謝謝您購買我們出版的書籍！

請費心填寫此回函卡，我們將不定期寄上城邦集團最新的出版訊息。

姓名：______________________ 性別：□男 □女

生日：西元________年________月________日

地址：______________________

聯絡電話：______________ 傳真：______________

E-mail：______________________

學歷：□1.小學 □2.國中 □3.高中 □4.大專 □5.研究所以上

職業：□1.學生 □2.軍公教 □3.服務 □4.金融 □5.製造 □6.資訊

□7.傳播 □8.自由業 □9.農漁牧 □10.家管 □11.退休

□12.其他______________

您從何種方式得知本書消息？

□1.書店 □2.網路 □3.報紙 □4.雜誌 □5.廣播 □6.電視

□7.親友推薦 □8.其他______________

您通常以何種方式購書？

□1.書店 □2.網路 □3.傳真訂購 □4.郵局劃撥 □5.其他

您喜歡閱讀哪些類別的書籍？

□1.財經商業 □2.自然科學 □3.歷史 □4.法律 □5.文學

□6.休閒旅遊 □7.小說 □8.人物傳記 □9.生活、勵志 □10.其他

對我們的建議：______________________

____

____

為提供訂購、行銷、客戶管理或其他合於營業登記項目或章程所定業務需要之目的，家庭傳媒集團（即英屬蓋曼群島商家庭傳媒股份有限公司城邦分公司、城邦文化事業股份有限公司、書虫股份有限公司、墨刻出版股份有限公司、城邦原創股份有限公司），於本集團之營運期間及地區內，將以mail、傳真、電話、簡訊、郵寄或其他公告方式利用您提供之資料（資料類別：C001、C002、C003、C011等）。利用對象除本集團外，亦可能包括相關服務的協力機構。如您有依個資法第三條或其他需服務之處，得洽詢本公司服務信箱cite_apexpress@cite.com.tw請求協助。相關資料不提供亦不影響您的權益。

□我已詳讀權利義務之相關條款，並同意遵守。

請於此處用膠水黏貼

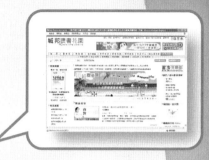